もうひとつの評決

（『裁判員——もうひとつの評議』改題）

小杉健治

祥伝社文庫

目次

平成二十一（二〇〇九）年三月二十六日、夜八時半を少しまわっていた。

井村智美《いむらともみ》は駅前のコンビニで明日の朝食用のパンとサラダを買って、練馬《ねりま》区桜台《さくらだい》七丁目にある自宅マンションに向かった。

井村智美は二十八歳。文京《ぶんきよう》区にあるバッグメーカーに勤めている。三つ年上の恋人がいる。同じ会社の人間である。

結婚に踏み切れないのは、彼の人間性が今ひとつ信頼出来ないからだ。そのひとつが彼の嫉妬《しつと》深さだ。

智美は小顔で、鼻が高く、美しい顔立ちだ。そのせいか、男がすぐ近寄って来る。他の男と親しそうに話をしただけで、彼は怒るのだ。とにかく独占欲が強い。

それだけ自分をいとおしく思っていてくれる証《あかし》だと思うとうれしくもあるが、たびたびの嫉妬にうんざりする。

結婚すれば、俺も安心するから、そんなに嫉妬しない。それが、彼の口癖のようになっている。ほんとうにそうなのか、疑わしい。だが、智美も彼以外の男性との結婚は考えられない。

その伊勢誠司《いせせいじ》のことを考えながら、近道になる住宅地の中に入って行くと、とたんに人通りは少なくなる。両側には、こぢんまりとした住宅が並んでいる。所々に、街灯があるが、明かりの届かないところは暗かった。

智美のマンションの数十メートル手前に、ブロック塀の内側から柿の木の枝が通りに少し出ている並河富子《なみかわとみこ》の家がある。ちょうど角地で、左手に隣家、右手は細い路地になっている。

並河富子は、娘の留美子《るみこ》とふたり暮らしだった。留美子は二年前に離婚をしてから同居している。

富子とは、犬を通じての知り合いである。

智美はトイプードルを飼い、富子はパピヨンを飼っている。毎日のように散歩で会ううちに、どちらからともなく声をかけて、それからは会うたびに挨拶《あいさつ》をするようになった。もっぱら話題は犬のことが中心である。

富子の飼っている犬の名前はジュリーといった。オスで四歳。智美のトイプードルもオスなので、会うと必ず吠え合う。だが、パピヨンはとても人懐《ひとなつ》こい犬種なので、ジュリーは智美にも懐いていた。

たまに、娘の留美子が犬を散歩させているときがある。留美子はうりざね顔の日本的な感じのおとなしそうな女性だった。

富子の話では、留美子の元夫は見かけはおとなしそうだが、酒が入ると人間が変わる。虫の居所が悪いと、酒を呑《の》んでいなくても娘に殴《なぐ》る蹴るの暴力を振るっていたという。あげく、外に女をこしらえて出て行ったらしい。

そういう話を聞いていたので、おとなしい顔立ちのせいもあって、留美子は薄幸な女のように思えた。

まだ夜の早い時間だが、人通りはない。夜になって気温が下がり、肌寒い。もう桜の咲く季節だというのに、冬に逆戻りしてしまったようだ。しばらく、この寒さが続くらしいから、明日はコートを着ようかしらと思いながら智美は先を急いだ。

富子の家の前に差しかかったときだった。いきなり門から男が飛び出して来た。

危うくぶつかりそうになった。男とまともに目が合った。街灯の明かりで、男の顔がはっきり見えた。細い顔で、目も細い。顎《あご》が長いのが印象に残った。身長は百六十センチの智美より十センチぐらい高そうだった。

男は何か叫んだ。だが、早口なので、うまく聞き取れなかった。

さらに、男が捲《まく》し立てた。小さく悲鳴を上げて、智美は後退《あとずさ》った。恐怖心を抱《いだ》いた智美の態度に驚いたのか、男はいきなり智美の脇を走り抜けた。つんのめるような駆け方だ。

男のあわて振りは普通ではなかった。

男が去ってから、智美は深呼吸をして気持ちを落ち着かせた。そして、改めて、男が出て来た玄関に目をやった。あわてて飛び出して来たことを物語るように、ドアが少し開いていた。

智美は迷った。玄関の明かりは点いている。

やはり、気になった。躊躇《ちゅうちょ》しながらも、智美は門の横のインターホンを押してみた。チャイムが鳴ったとたんに、犬が吠え出した。ジュリーだ。しかし、インターホンに応答はない。

玄関のドアの隙間から犬が飛び出して来た。

「ジュリー」

智美は犬の名を呼んだ。

ジュリーは智美に飛びついてきた。

そのとき、隣家の窓から誰かがこっちを覗《のぞ》いているのがわかった。

智美は犬を抱き上げた。すると、ぬるっとした感触がした。犬を持ち上げ、腹を見た。そこが黒く汚れている。智美は顔をしかめた。

やがて、あっ、と叫んだ。血だ。

智美は犬を抱いたまま門を入り、玄関に向かった。犬はくうんくうんと、悲しげに鳴いている。

少し開いているドアを開け、土間に足を踏み入れ、

「並河さん」

と、智美は大声で呼んだ。

まっすぐ続く廊下の突き当たりが台所のようだ。玄関を上がったすぐ横に部屋がある。

その部屋のドアが開いていた。

「並河さん」

もう一度、声をかけた。

犬が腕の中で暴れた。犬を抱いていることを忘れていたのだ。あわてて犬を廊下に放す。

犬は奥に向かって走って行った。

智美は気になって、犬のあとを追おうと靴をぬいで廊下に上がった。奥に行きかけて、すぐ脇にある部屋を覗いた。

あっ、と悲鳴を上げた。

留美子らしい女が仰向《あおむ》けに倒れていたのだ。

それから、八カ月後の十一月十七日。智美は東京地裁で証言台に立つことになる。

第一章　否認裁判

1

並河富子の家で、富子五十六歳と娘の留美子三十四歳のふたりが刃物で刺されて殺された事件は、裁判員裁判として、十一月十六日に東京地裁で初公判を迎えた。

裁判員裁判とは、刑事事件において国民の中から選ばれた六人の裁判員と三人の裁判官とで審理を行なうものである。

毎年十月から十一月ごろ、地方裁判所は衆議院議員選挙の選挙人名簿から無作為にくじで選んで翌年の裁判員候補者名簿を作る。翌年になって、裁判員裁判の対象となる事件が起訴されたあと、裁判員候補者名簿からさらにくじで裁判員候補者を選ぶ。そして、裁判所にて選任手続きを行ない、当該事件の裁判員として不適切ではないかなどを調べ、六名の裁判員を選ぶのだ。

この日、私、堀川恭平《ほりかわきようへい》は朝九時に霞《かすみ》が関《せき》の裁判所に出向いた。私は六名の裁判員のひとりに選ばれたのだ。

私はかねてから裁判員制度に期待を寄せている人間のひとりだった。

国民が司法に参加をする。裁判が身近なものになる。このことは、素晴らしいことではないか。もし、自分が裁判員に選ばれたら、積極的に参加しようと思っていた。

今まで裁判の判決を聞いて、違和感を持つことが少なくなかった。裁判官は法律のプロかもしれないが、あまりにも普通の市民の感覚とずれている。だが、これからは一般市民の意見が判決に反映されるのだ。

だが、今の私は裁判員になることを真剣に考えることは出来なかった。ある屈託があったからだ。

もし、それがなければ正式に裁判員になったことを喜んだに違いない。

私的な事情から裁判員を辞退することはかなわなかった。最高刑が死刑である事件の審理に加わることになったのだ。

この日の午後から裁判がはじまった。

法壇中央に裁判長が、その左右に陪席裁判官が座っている。右陪席の裁判官はある程度キャリアを積んだ判事が、左陪席は若手の判事補などが当たる。

裁判官の両脇に三人ずつ裁判員が座り、さらに裁判員席の後ろに補充裁判員の席が用意されていた。

補充裁判員は六名の裁判員に万が一のことがあった場合に、代わって裁判員を務めることになる。したがって、いつでも代わりが務まるように、最初から審理に立ち合う。

私の隣に座った裁判員は頑固そうな六十過ぎの稲村久雄《いなむらひさお》。大手電気メーカーの部長をしていて、一年前に定年になったのだと、朝方、控室で言葉を交わした際に言っていた。

あとは、のちに名前と職業を知ったのだが、理髪店店主の西羽黒吾一《にしはぐろごいち》。家電販売員の広木淳《ひろきあつし》。看護師の古池美保《ふるいけみほ》。そして、スポーツインストラクターの金沢弥生《かなざわやよい》。他に、三名の補充裁判員がいる。

裁判員六名の内訳は男性四人、女性ふたり。男性は六十代、五十代、三十代、そして四十四歳の私。女性ふたりは二十代と四十代だった。

もちろん、名乗ったものの、各自が本当の名前を喋《しゃべ》ったとは限らない。裁判長から、仮名でも構わないと言われていたからだ。

しかし、西羽黒というひとが、せっかくこの六名が裁判員として選ばれ、顔を合わせたのだから、出来れば本名を名乗りたいですなと言い、自ら進んで名乗りを上げた。それに引き続いたので、おそらく全員本名に違いない。

私はこの事件が起きた今年の三月二十六日前後、私生活でちょっとしたことがあり、新聞もテレビもまったく見ていなかった。事件についてまったく知識がないのだ。だから、きょうはじめて、裁判所の職員の説明で事件を知った。つまり、事件に対する先入観はまったくなかった。

実際に裁判員制度がはじまって半年余り。この間、全国各地で裁判員裁判が開かれた。おおむね、順調にいっているように思える。

下された判決についても、一般の人間の感覚が取り入れられたと思える量刑に落ち着いているようだ。

だが、まだ、死刑判決はない。果たして、この裁判ではじめて死刑判決が下されることになるのか。私は自分の責任の重さを痛感した。

被告人は弁護人の横田《よこた》弁護士といっしょに並んで座っている。横田弁護士は黒縁の眼鏡《めがね》をかけた五十年配の男だ。対する検察官はまだ若く、白いワイシャツに臙脂《えんじ》のネクタイ、ダークブルーのスーツ姿は清潔感に溢《あふ》れている。脇屋《わきや》検事である。

学者のような風貌《ふうぼう》の大室《おおむろ》裁判長が開廷を宣言し、まず人定質問に入った。

「被告人は前へ」

裁判長の呼びかけに、被告人が立ち上がった。

証言台に立った被告人は色白でおとなしそうな印象だった。身長百七十センチぐらい、痩身《そうしん》で、青ざめた顔の頬《ほお》はこけ、目は細く、顎が長い。白いワイシャツに紺《こん》のブレザーを着ている。場違いな場所に無理やりに押し出されたように、おどおどしていた。

「被告人の名前は？」

　裁判長が極めて事務的な声できく。

　被告人はあえぐように二度ほど口をぱくぱくさせてから、

「木原一太郎《きはらいちたろう》です」

　と、か細い声で答えた。

「年齢は？」

「二十九歳です」

「住所は？」

「大田《おおた》区大森《おおもり》……」

「本籍は？」

「千葉県君津《きみつ》市……」

「職業は？」

　被告人はちょっとためらってから、

「会社員です」

　と、答えた。

　裁判員席から被告人の顔を正面に見、そして声を聞いた。これが殺人者なのだろうかと不思議に思うほど、被告人はふつうの人間だ。

しかし、ふつうの人間が罪を犯す。そこに、人間のどうしようもない弱さや身勝手さがあるのだ。

傍聴席は満員である。裁判員裁判がはじまった頃は、マスコミをはじめ、大勢のひとの関心を集めたが、最近になって、ようやく落ち着いて来たようだった。しかし、この裁判は死刑か否かの判断を求められる事件だけに、世間の注目を集めたのに違いない。

傍聴席の中央辺りに、老婦人が座っていた。その隣の二十代半《なか》ばと思える女性が老婦人を支えている。

被告人の母親であろうと思われた。被告人が被告人席に戻る姿を見つめながら、ハンカチで目尻を拭《ぬぐ》っていたからだ。

いくつになっても、子どもには変わりない。二十九歳の息子が事件に関わったことで、どれほどの心労が母親をおそったのか、想像に難《かた》くない。

そして、横にいる若い女性は被告人の妹かもしれない。

「それでは検察官、起訴状の朗読を」

裁判長の声に、脇屋検事が起訴状を片手に立ち上がった。どこか、初々《ういうい》しい感じがする検事だ。

「被告人は平成二十一年三月二十六日の夜八時半頃、練馬区桜台七丁目の並河富子方にて、まず台所にて殺意をもって母親の富子（五十六歳）の腹部と心臓部を同女宅の台所にあった文化包丁で刺し、さらに娘留美子（三十四歳）の背中と心臓部を……」

脇屋検事は、はっきりと言葉を切りながら朗読した。

最後に、脇屋検事は罪状及び罰条として殺人罪、刑法第百九十九条と声を張り上げた。

傍聴席の老婦人は顔を伏せたままだった。自分の息子の犯した事件の模様に衝撃を受けたのか。

起訴状の朗読が終わり、裁判長が被告人の木原一太郎を証言台に呼んだ。私は被告人の顔を見つめる。

印象だけでいえば、ひと殺しなど出来るような男には思えない。

被告人が証言台に立つと、大室裁判長は型通りに黙秘権や供述拒否権があることを告げてから、こうきいた。

「さきほど朗読された公訴事実は、そのとおり間違いありませんか。それとも、何か異論がありますか」

「私は殺していません。起訴状に書いてあるのはでたらめです。私が行ったときには、ふたりは死んでいたのです」

被告人は体を前のめりにして訴えた。

その目に涙が光った。

被告人が否認したことに、私は衝撃を受けた。否認したことにより、この裁判では死刑判決を下すか否かではなく、有罪か無罪かを判断することになったのだ。

「わかりました。では、弁護人はいかがですか」

裁判長は弁護人に顔を向けた。

眼鏡を人指し指で押し上げてから、横田弁護士はゆっくりと立ち上がり、

「被告人は事件と無関係です。無罪を主張します」

と、裁判員に顔を向けて、大きな声で答えた。

否認事件である。ひとをふたりも殺しているのだから、場合によっては死刑の可能性もある。しかし、被告人の言うことが正しければ無罪だ。

極端なことを言えば、死刑か無罪かを判断しなければならないのだ。

私はこの裁判から逃げ出したいと思った。死刑か無罪か。今の私には冷静に判断出来るかどうか自信がない。

私はもともと裁判員制度に賛成の立場だった。それでも、死刑になるかもしれない有罪か無罪かの判断は荷が勝ち過ぎる。ましてや、私的なことで悩みを抱えたまま、満足な判断が出来るだろうか。

事実関係に争いがなく、被告人が罪を認めているのであれば、量刑として死刑を選ぶことにそう心は痛まないだろう。しかし、この裁判は量刑を判断するだけのものではなく、有罪か無罪かも決定しなければならない。そして有罪なら死刑判決の可能性が高まるの

だ。罪を否認したことにより、反省の態度がないと情状面ではかなり不利になるからだ。

一瞬、この裁判から逃げ出したいと思った心の隙をついたように、石渡千佳《いしわたりちか》の声が蘇《よみがえ》った。

「美緒子《みおこ》の居場所、わかったわ」

私の妻美緒子は去年の十二月初めに、捜さないでくださいという手紙を残して家を出た。それきり、彼女の行方はわからなかった。

私にとっては寝耳に水のことだった。だが、冷静に考えれば、私も仕事にかまけて、家庭を顧《かえり》みなかったのかもしれない。

私は五年前に、友人の時田良《ときたりよう》と共同でインドからの輸入雑貨の会社をはじめた。今では、この不況下でも、インドの装身具などがよく売れていた。

アジアからの、特にインドのティカという髪飾りやネックレス、ブレスレットなどの装飾品やお香、カレー食材などを輸入し、店舗販売だけでなく、インターネットによる通信販売も行なっている。

その仕事にかまけて、美緒子のことを気にとめる余裕がなかったことは間違いない。ときには、浅草橋《あさくさばし》にある店舗兼事務所に泊まり、家に帰るのは寝るためだけの状況が続いた。子どもがいないことも、影響しただろう。

気がついたとき、妻の心は遠く離れていたのだ。しかし、私は妻を疎《うと》ましいと思っていたわけではない。

理由がわからないことに納得がいかず、私は心当たりを捜した。だが、彼女の行方はまったくわからなかった。

東京にいないのかもしれない。そう思っていたところ、妻の親友の石渡千佳が、一週間前にやって来たのだ。

「美緒子の居場所、わかったわ」

千佳は暗い顔で言った。その表情から、私にとって決して楽しいことではないとわかった。

誰かといっしょに暮らしているのか。私はそう問い返したかったが、口に出さなかった。黙っていると、彼女が思い切ったように言った。

「彼女、今、大井町《おおいまち》に住んでいるわ」

「大井町？　誰かといっしょなんですね」

「ええ」

「誰ですか」

私は胸が締《し》めつけられる思いできいた。

「沖田《おきた》さん」

「沖田？」

「あなたと結婚する前までつきあっていた男性よ。彼女、あなたが現れて、沖田さんから
あなたに乗り換えたのよ」

さっと目の前を何かが走った。十五年前の思い出だ。

　私が美緒子を知ったのは偶然だった。　たまたま、振込の依頼に訪れた銀行の窓口に座っていたのが彼女だった。

理知的な美人の彼女に一目惚《ひとめぼ》れだった。それから、何度も銀行に顔を出し、話す機会を作った。銀行の帰りを待ち伏せ、偶然を装って彼女に近づいたこともあった。

途中、彼女に婚約者がいるのを知ったが、私は彼女を諦《あきら》めることが出来なかった。私は婚約者から彼女を奪うことに成功したのだ。

結婚して十五年。今、美緒子は当時の婚約者と縒《よ》りを戻した。

今、私は裁判員として、ひとの一生を左右する判断を下さなければならない。それなのに、よけいなことに心を乱されていては、正しい判断が出来るはずはない。

私は美緒子のことを頭から追い払おうとした。法廷に神経を集中させた。だが、ふとしたときに、美緒子のことが蘇る。

彼女は昔の恋人沖田のもとに帰った。なぜだ、なぜなんだと、私は叫びたかった。はっと気がつくと、裁判は証拠調べへと進み、検察官の冒頭陳述になった。

2

脇屋検事は、さながら銀行員のような礼儀正しさで裁判員に向かって一礼をしてから、口を開いた。必要以上に意気込んでいると感じられた。

「起訴状で示しましたように、本裁判の争点は、被告人木原一太郎が並河留美子と母親の富子のふたりの命を奪ったかどうかであります。検察官は、被告人が犯人であるということを証明するために、被告人の経歴、殺人に至る経緯、犯行の模様、犯行後の態度に分けて、述べさせていただきます」

検察官は裁判員に向かって前置きを言ってから本題に入った。モニター画面には、被告人の経歴と表示された。

「被告人は、昭和五十五年四月二十五日に、千葉県君津市XXにて木原源吉《げんきち》と仲子《なかこ》の長男として生まれました。

小学校二年のときに自宅が火事に遭《あ》い、被告人は左の額《ひたい》と左肩から背中の左半分にかけて、火傷《やけど》を負い、そのあとが痣《あざ》として残りました。

君津市内の高校を卒業後、被告人は東京のコンピューターの専門学校に入り、卒業してから荒川《あらかわ》区日暮里《にっぽり》にあるIT企業の『東京ソフトウエア』に入社し、現在に至っております。

被告人は平成十八年四月より、大田区大森のアパートで独り暮らしをしてきました。そこでのなによりの楽しみはインターネットでした。

被告人は自分の容姿と、さらに左の額と左肩から背中半分にかけての火傷の痕にコンプレックスを抱き、子どもの頃から口下手というのもあり、ひととのコミュニケーションが苦手でした。特に、女性に対しては臆病であり、女性の前ではひと言も口をきくことが出来ないのでありました。

したがって、恋人どころか、ガールフレンドも出来ず、たまに風俗店に遊びに行っても、火傷の痕を見て、相手は気味悪がるのです。

女性とつきあうことは心に傷がつくことと同じでありました。しかし、被告人は健康な人間であり、異性には興味がありました。

そんな被告人にとって、インターネットの出会い系サイトは女性と会話をすることが出来る唯一の手段でした。

被告人は会社から帰ると、ひとり部屋に閉じこもり、パソコンの前に座るのです。そして、その出会い系サイトで、並河留美子と知り合ったのです。平成二十年四月のことでした」

モニター画面には、パソコンが映し出され、出会い系サイトという文字が表示されている。

　脇屋検事は言葉を切り、冒頭陳述書から顔を上げて裁判員のほうを見た。彼の視線は私の顔をさっと通り過ぎた。

　脇屋検事は十分な間合いをとってから続けた。

「一方、被害者の並河留美子は昭和五十年に四国の高松《たかまつ》でクラブホステスの富子の長女として生まれましたが、父親はわかりません。高校を卒業後、東京の家具メーカーに就職し、事務の仕事をしてきました。二十九歳のとき、同じ会社の営業担当だった新山三喜夫《にいやまみきお》と知り合い結婚。しかし、結婚生活は長くは続かず、おととしふたりは離婚しました。

　その後、並河留美子は、離婚後の寂《さび》しさもあり、平成二十年四月に出会い系サイトを通じて、被告人と知り合ったのです。

　さて、しばらくは、メールでのつきあいが続いていたのですが、そのうちにだんだん内容も大胆になっていきました。八月になって、被告人はメールに、今度あなたといっしょに公園で散歩が出来たらと思いました、と書きました。それに対して、並河留美子はいつか連れて行ってくださいと返事をしています。やがて、留美子は自分がバツイチであることを告白し、あなたのような男性と知り合ってよかったと言っています。その後、さらにメールは大胆になり、あなたに抱かれたいなどというやりとりになっていったのです」

　モニターに、被害者並河留美子の顔が映し出された。長い髪の美人だ。三十四歳である。私は並河留美子の顔から、俯《うつむ》いている被告人に目を移した。ふたりが結婚するのは不釣り合いだと思った。

「やがて、被告人は相手の顔が見たいという欲求が強まり、十月には写真を交換することになりました。メールにて送られて来た並河留美子の写真は、被告人が想像していた以上に美人でした。そのことに胸が高鳴りましたが、被告人の昂《たかぶ》りはすぐに冷めました。自分の写真を送らなければならないからです。このとき、他人の写真を代わりに送ろうかとも思いましたが、それではそれ以上の発展はない。被告人は並河留美子に会いたいと切に願うようになっていたのです。それで、自分の写真を送るべきだと思いました。ありのままの自分を見てもらおうと、自分の写真を送ったのです。おそらく、もうメールは来ないだろうと半《なか》ば諦めかけていたとき、メールが返って来ました。そこには、やさしそうなお顔で、とても好感が持てますと書いてあったのです。被告人は声を上げて喜びましたが、次に体の火傷のことが蘇りました。このことを知ったなら、もう嫌われるだろう。そう覚悟をし、小学校二年のときに自宅が火事に遭い、左の額と左肩から背中の左半分にかけて火傷を負って、そのあとが痣になっていると正直に打ち明けたのです。今度こそ、嫌われると観念したところ、返って来たメールには、そんなことは関係ない、一番大事なのは心だということが書かれてあったのです。さらに、自分は一度、結婚に失敗しているから、今は男性は誠実さが一番だと考えていると、並河留美子は言って来たのです。

被告人は歓喜の声を上げました。その後、メールでお互いに悩みを打ち明けるようになり、被告人は並河留美子に会いたいという思いが強くなっていきました。

そして、十二月になり思い切って、そのことをメールに書きました。その返事には、じつは私もお会いしたいが、今、私は別れた夫が作った借金の返済のために働かなければならず、会う時間がとれないとありました。

借金はいくらですか。そう訊《たず》ねる被告人のメールに対して、五十万円と返って来ました。五十万、私がなんとかします。被告人はそう返したのです」

脇屋検事は再び言葉を切り、さっきと同じように、反応を窺《うかが》うために裁判員の顔を順次見た。

「さて、並河留美子からのメールは、お借りできれば、こんなにうれしいことはない。でも、あなたにそんな真似《まね》はさせられないという内容でした。そして、あなたのようなやさしい男性にもっと早く出会えていたら、私はあんなろくでもない男と結婚をし、今こんな苦労をしなくて済んだのに、と書き綴《つづ》られていたのです」

モニターに、「留美子、五十万円の借金申し込み」とメールの内容が表示されている。

「被告人は、このメールを読み、なんとか並河留美子の苦境を救ってやりたいと思いました。それより、ひょっとしたら、この女性と結婚出来るかもしれない。そういう希望を持ったのです。そして、五十万を持って、並河留美子と会うことになり、ついにふたりは平成二十一年一月十六日、池袋《いけぶくろ》で待ち合わせをして会ったのです」

モニターに、喫茶店の内部が映し出されている。ふたりが会った場所だ。

「被告人は留美子の美しさに圧倒されました。初めて会ったふたりは最初はぎこちなかったものの、被告人が五十万円を渡したときから、次第に打ち解けていきました。並河留美子は、五十万円をありがたそうに、そして申し訳なさそうに受け取ったのです」

モニターに、「被告人、五十万円を渡す」と表示された。

「被告人は、そんな並河留美子にますます心を奪われていきました。改めて、額背中の痣のことを話すと、並河留美子は、気味悪がるどころか、同情を寄せてくれたのです。そのことに感激した被告人はますます年上の並河留美子に惹かれていったのです。

その後、メールのやりとりが続き、初めて会った日からひと月後、再び金銭にまつわるメールが届きました。また、あなたにお目にかかりたいが、今度はどうしても百五十万円が必要になり、そのために働かなければならない。しばらくお会い出来ないのが寂しいという内容でした」

再び、その文面が表示されているパソコン画面が映し出された。

「被告人は、並河留美子に会いたい一心で、そのお金はぼくが用意するからとメールを返したのです。そして、二月二十日に再び、池袋の同じ喫茶店で会いました。そして、貯金から百五十万円を引き出して渡したのです」

モニターに「百五十万円渡す、計二百万円」と表示される。

「その後、メールのやりとりが続きましたが、三たび、お金の話になりました。三百万円が必要だという。被告人は正直に、もう貯金がないことをメールしました。すると、あなたはもう少し金銭的に余裕のある方だと思っていましたけど、違うのですかと、詰《なじ》るようなメールが返って来たのです。そこで、被告人は、もう銀行の残高が残り少ないのだと正直に書きました。すると、その返信には、なんとか三百万を用立ててください。そうでないと、もうあなたとはお会い出来ませんと書いてあったのです。すっかり並河留美子にのぼせ上がっていた被告人は三百万を用意すると言い、三たび会う約束をとりつけました。

三月六日、約束の時間より早めに池袋についた被告人は、偶然に、並河留美子が男性と歩いているところを見てしまいました。そして、約束の時間に喫茶店に行くと、彼女もすぐにやって来ました。そのとき、被告人は持ってきた金を出す前に、さっきの男のことを訊ねたのです。並河留美子は偶然知り合いのひとに会っただけだと言い訳をしました。しかし、被告人は納得せずになおも訊ねると、あのひとは恋人だと並河留美子が答えたのです。じゃあ、ぼくはなんなのかと問うと、メル友でしょうという答えが返って来ました。そして、もしそれがいやなら、もうお会いするのも、メールのやりとりをするのもやめましょうと言われたのです。その日、並河留美子にお金は渡さず、気まずい思いで別れたのでした」

被告人が顔を上げて、脇屋検事を恨《うら》めしそうに見た。それは違うとでも訴えているようだった。

「被害者の並河留美子は、前夫の新山三喜夫と別れたあと、ひとりぽっちの寂しさからついインターネットの出会い系サイトを利用したのでしょうが、じつは留美子には離婚後からつきあっている恋人がおりました。

それなのに、インターネットの出会い系サイトで被告人と知り合ったのです。さらに、金銭を要求しているところをみると、お金目当てだったという印象は強いでしょう。

用意した三百万を渡さずに別れたものの、このまま会えなくなるのは辛《つら》いと思い、被告人は並河留美子にもう一度、会いたいとメールしたところ、返事がありました。そして、いつもの喫茶店で会うことになったのです。

三月十九日、被告人がいつもの喫茶店で待っていると、やって来たのは留美子本人ではなく、母親の富子でした。

留美子は急に来られなくなった、もう会いたくないと言っているが、お金をくれればきっとあなたに感謝すると富子が言いました。被告人は、三百万円は留美子さんに直接渡しますと言い、自宅まで行って渡すと、強く出たのです。すると、富子はわかりましたと言い、練馬区桜台七丁目の自宅の住所を教えて、三月二十六日の夜八時に訪ねて来るようにと言ったのです」

脇屋検事は裁判員たちを一瞥《いちべつ》し、続けた。

「約束通り、三月二十六日午後八時頃、被告人は並河留美子の家を訪ねました。そして、玄関脇の応接間で留美子と話し合っているときに、被告人は思い切って結婚して欲しいと頼んだのです。そうしたら、三百万円はあげると言いました。しかし、留美子は結婚は出来ない、ときたま、喫茶店で会ってお話しするだけなら構わないとの返事でした。それに被告人はかっとなり、結婚してくれないのなら、三百万は渡さない、それより、今までに渡した金を返せと迫りました。それに対して、留美子はそんなことを言うなんて、人間の器が小さい、つまらない男だ、金は返さないと、きっぱり拒絶しました。さらに、被害者から薄気味悪いと言われ、被告人はついに逆上し、部屋を飛び出し、廊下の突き当たりにある台所に行き、凶器になるものを物色して、文化包丁を見つけました。被告人の行動に驚いた母親の富子が台所にやって来たので、まず文化包丁で、母親の心臓部と腹部を刺し、さらに、騒ぎに驚いて台所に来た留美子に襲い掛かりました。留美子は玄関脇の部屋に逃げ込みましたが、被告人は追いつき、背中から刃物を突き刺し、倒れたところを仰向けにして心臓部にもう一度包丁を突き刺して殺したのです」

モニター画面に、被害者の家の正面の写真と現場の写真、そして、被害者ふたりの創《そう》傷《しょう》の部分が映し出された。

生々しい写真に、私は目を逸《そ》らした。

「最後に、犯行後の様子ですが、被告人は台所の流しで血のついた包丁と手を洗い、返り血を浴びた衣服の血を拭き落とし、さらに指紋も拭き取りました。そして、玄関から外に飛び出したところで、目撃者に出会いました。被告人は必死で言い訳をしましたが、目撃者は恐怖に駆られておりました。それで被告人は目撃者の脇をすり抜け、駅まで走り、電車に乗って秋葉原《あきはばら》へ行き、インターネット喫茶で夜を明かしたのです。そして、事件から二日後に、その翌日から、被告人は会社を無断欠勤しておりました。そして、事件から二日後に、千葉県君津の実家に帰っていたところを逮捕されたのです。

以上、被告人が犯人であることを立証するために、被告人の着衣に並河留美子の血液が付着していたこと、ならびに並河留美子の衣服から被告人のDNAと一致する体液が検出されたことを示す鑑定結果、さらに、部屋から逃げた被告人と門前でばったり出くわした井村智美の証人尋問を……」

モニター画面には、要点が箇条書きで表示されていた。

ふと、隣の稲村久雄の呟《つぶや》きが聞こえた。

「出会い系サイトか」

冷たい響きだった。

出会い系サイトに絡《から》む事件は多い。稲村久雄は出会い系サイトを憎んでいる。ひょっとして、彼に出会い系サイトに絡むことで何かあったのか。それとも、そういう風潮に眉をひそめていたのか。

「以上です。ありがとうございました」

裁判員に一礼をし、脇屋検事が着席をした。

「それでは、弁護人のほうも冒頭陳述により、証拠によってどういう事実を証明しようとするのかを示してください」

裁判長が弁護人に声をかけた。

3

ゆっくりと立ち上がり、横田弁護士はのんびりとした口調で語りはじめた。

「被告人は無罪であると考えます。並河留美子並びに母親の富子を殺したのは被告人ではありません。被告人は確かに、火傷痕のことなどからコンプレックスを抱いており、これまでにも女性とつきあった経験はありませんでした。しかし、インターネットの出会い系サイトで並河留美子と知り合い、その後メールのやりとりをし、そして池袋の喫茶店で会い、またそのときお金を渡したのも、検察官の冒頭陳述にあるとおりです。

さらに、三百万円を持って、並河留美子の家に行くことを約束したのも、冒頭陳述のとおりです。しかし、被告人が留美子の自宅を訪れたとき、ふたりはすでに死んでいたのです。

また、被告人が被害者宅を訪ねる約束の時間は八時ではありません。八時半でした。三月二十六日、被告人はデイパックを背負い、そこに三百万入りの封筒を仕舞い、八時半に、練馬区桜台七丁目の自宅に並河留美子を訪ねました。ところが、インターホンを鳴らしても、応答がありませんでした。

しかし、訪ねる約束になっているので、被告人は玄関まで行ってみたのです。ドアノブに手をかけると開いたので、中に向かって声をかけました。ところが、何の応答もない。どうしようかと迷いましたが、変な臭《にお》いに気づき、不審に思って部屋に上がったところ、留美子が倒れているのを見つけたのです。驚いて駆け寄り、肩を抱き起こしました。そのとき、彼女の血が自分の衣服に付着したのです。すでに被害者は死んでおりました。しかし、殺されたとは思わず、母親を呼びに奥に行ったところ、台所で母親の富子が倒れているのを見て、事件があったのだと悟りました。すぐに警察に知らせなければと思ったとき、被告人は自分が疑われると思ったのです。

留美子との関係を知っているのは母親だけです。その母親も殺されている。被告人は自分が非常にまずい立場にいることに驚愕《きょうがく》し、あとは頭が真っ白になって、そのまま家を飛び出してしまったのです。

もう一度、繰り返します。被告人が並河留美子の家に行ったのは八時半であり、そのとき、すでに留美子と母親は殺されていたのです。

凶器は被害者の家の台所にあった文化包丁です。検察官の冒頭陳述では、話し合いの最中に、被告人がかっとなって殺意が生じたということですが、はじめて訪問した家で、かっとなったとしても、台所で文化包丁を探すまで手間がかかったことは想像に難《かた》くありません。留美子が殺されていたのは、玄関を入ったすぐ右手の応接間であり、台所はその部屋を出て、廊下の奥の突き当たりです。そこまで包丁をとりに行っている間、ふたりは逃げるか、大声で叫ぶかをすることは出来たはずです。それがなかったのは、はじめから文化包丁が仕舞ってある場所を知っている人間の仕業であると推測することが出来ます。

被告人の衣服には並河留美子の血が付着しておりましたが、母親の富子の血は付いておりません。これは、被告人は留美子を抱き起こしましたが、富子には触れていないからであります。このことをみても、被告人がふたりを殺したという根拠はなくなります。

また、被告人は三百万を持って並河留美子の家に行っています。並河留美子と富子はそのお金が欲しかったはずであり、それなのになぜ、被告人を怒らすようなことを言ったのでしょうか。家にまで来させているのですから、うまく話をし、金を出させるのが自然ではないでしょうか。このように考えると、被告人が犯人である可能性は極めて低いと言わざるを得ません。

被告人は自分が疑われると思い、現場から逃げたのであり、警察に届けなかったのも、自分が疑われる立場にあることを十分に認識していたからなのです。弁護人はこの前提に立って、検察官の主張を……」

弁護人の冒頭陳述が終わった。

モニターには、弁護人の指摘した要点が表示されている。

一、被告人は、三百万円を渡すつもりで、留美子の自宅に行った。

二、留美子と母親も、三百万円が欲しいので、被告人を自宅に呼ぶことにした。

三、約束をした訪問時間は八時半。被告人が被害者宅を訪問したのは八時半である。

四、被告人が家の中に入ったとき、すでに被害者は死んでいた。

五、被告人は留美子の肩を抱き起こしたが、富子には触れていない。

六、凶器は、被害者の家の台所にあった文化包丁である。台所と応接間は少し離れている。包丁を探し出すまで時間がかかる。

検察官と弁護人の違いはふたつだ。並河留美子の家に行ったとき、すでに留美子と富子は殺されていたのか否か、という点と、もうひとつ、被告人が訪問したのは八時だったか八時半だったか。

検察官の言い分と弁護人の言い分のどちらが正しいのか。その判断を、裁判員は迫られることになる。

検察官の話を聞いた限りにおいては、被告人の犯行に間違いないように思えたが、確かに弁護人の言うこともっともだ。

被告人は三百万を渡すつもりだったろう。留美子のほうも三百万が欲しいので自宅を教えたのだ。だとしたら、弁護人の言うように、留美子母娘《おやこ》が被告人を怒らすようなことを言うのは不自然だ。

これが、三百万を渡した後日に、急に留美子の態度が変わり、被告人がかっとなって殺したというならわかる。

しかし、金の受け渡しの当日は留美子母娘はうまい言葉を並べ立てたはずだ。被告人を怒らすことは不自然だ。

それに応接間と台所の位置関係も重要だ。応接間からは台所は見えず、被告人がそこまで行って文化包丁を手にするのは相当時間がかかる。その間に、ふたりは逃げるか、助けを求めるか、十分に出来たはずだ。

そう考えると、弁護人の言い分のほうが正しいような気もしてくる。

「ここで、三十分の休憩をとり、三時十五分から再開します」

裁判長が休憩を告げた。

私は法廷を出ると、すぐに大きく伸びをした。そして、トイレに行ってから、評議室に戻った。

楕円形のテーブルで、三人の裁判官をかこむように座った。

「お疲れさまでした。いかがでしたか」

大室裁判長は、法律に素人《しろうと》の裁判員がどのように考え、何に不安を持っているかがわかっていると思わせるほど、穏やかな表情で、落ち着いていた。

「これまで、検察官と弁護人の冒頭陳述を聞いたわけですが、何かわからないこととか気になったことがありましたか」

裁判長は一同の顔を見渡してから、

「稲村さんはいかがですか」

と、きいた。

「いや、まったく人間というのは愚《おろ》かだ。被告人も被害者もまったく呆《あき》れ返る」

稲村久雄は腕組みして顔を歪《ゆが》めた。大手電気メーカー時代に部長だったという意識がまだ拭えないのか、どこか横柄《おうへい》な態度だった。

「インターネットの出会い系サイトで知り合ったなど、いったい何を考えているのか」

稲村は侮蔑《ぶべつ》したように言う。

「まあ、これが現代なのでしょうね」

裁判長が戸惑《とまど》いながら応じる。

「堀川さんはいかがでしたか」

裁判長が私に顔を向けた。

「検察官も弁護人も、モニターを使ってわかりやすく説明してくれたので、事件の様子や何が争点なのか、よくわかりました」

私は優等生的な答えを言った。正直言って、まだ何を話していいのかよくわからない。

裁判長は次に家電販売員の広木淳に顔を向けた。

「何かわからない点がありましたか」

「いえ、わからない点はないのですが、これは判断が難しいと感じました。被告人はほとんど女性と接触のなかったひとでしょう。そのことは、検察官も弁護人も同じように話しているので、ほぼ事実なのでしょう。そのことで、被告人が可哀《かわい》そうと思うのと思わないのとでは、どうも判断が分かれそうで」

広木淳が答える。

「いや、それはそれでいいんじゃないんですか」

理髪店店主の西羽黒吾一が頭をかきながら言う。

「だって、市民感覚を取り入れるってことなんだから、被告人に同情するかしないか、それは個人の勝手でしょう。でも、同情したから弁護人の意見に同調し、同情しないから検察官の意見に同調するというのはどうかな。私なんかは、被告人には同情したけど、だからといってやったことが許せるとは思わない」

「そうですね。裁判員のみなさまには自由にお考えいただいて結構です。冒頭陳述ではそれぞれの主張を述べただけで、これからの証人尋問で、だんだん真実が明らかになっていくでしょう」

裁判長は穏やかに言う。

被告人への同情。確かに、被告人は見かけも弱々しそうだ。コンプレックスを抱えて生きてきたことに同情せざるを得ない。

だが、女性の裁判員はどうなのか。そう思って、私は女性の裁判員の感想に耳をすました。

裁判長の問いかけに、

「殺された母娘はひどいことをしていたと思います。でも、死と交換するほどのことではないんじゃないかしら」

と、看護師の古池美保が答える。

「金沢さんはいかがですか」

裁判長がスポーツインストラクターの金沢弥生に声をかける。

「なんだか、最後までどっちがどっちだかわからないような気がします。そんな場合、どうしたらいいのか」

金沢弥生は自信なさそうに答える。

「審理が進めば、何かが見えてくるはずです」

裁判長が厳しい顔つきになり、

「このあと、証拠調べに入ります。検察官、弁護人がそれぞれ、証拠を持ち出し、それで何を証明しようとするかを説明します」

三十分の休憩の後、審理が再開された。

「それでは、検察官は要旨を説明してください」

裁判長の声に、脇屋検事が立ち上がった。

「さきほど、朗読いたしました冒頭陳述の事実を証明するための証拠書類は以下のとおりです。まず、被告人と被害者が交わしたメールの記録、被害者の自宅の実況見分調書、司法解剖報告書、そして、凶器に使用された文化包丁であります」

検察官が提出する書類と検証物を読み上げた。それから個々に証拠の内容を説明しはじめた。

最初に、被告人と被害者がインターネットの出会い系サイトで知り合ったあと、メールでやりとりしてきた記録である。

「これは、被告人、ならびに、被害者の両方のパソコンに残っていたのを印刷したものです。被告人も被害者も記録を消去せずに残しておりました」

そう言ってから、脇屋検事はメールの内容を読み上げ、同じ文章がモニターに映し出された。最初は、被告人が被害者に宛てたメールである。

「ようやく、暖かくなってきました。穴蔵から光に満ちあふれた外界に出た動物のように、私は太陽の光を浴びながら、近くの公園を散歩してきました。出来ることなら、今度、あなたといっしょに散歩が出来たらと思いました。また、メールをお待ちしております。木原一太郎」

次に、それに対する並河留美子の返信メールである。

「暖かい陽《ひ》射《ざ》しを浴びての散策、とても快適なようですね。ぜひ、いつかいっしょに連れて行ってください。私も犬を散歩させていると、公園によくアベックを見受けました。今夜は、あなたと公園を散策することを夢見ながら、ふとんに入ります。留美子」

「私は、いつか好きな女性と行ってみたい場所があります。弘前城《ひろさきじょう》です。写真でしか、夜桜の弘前城を見たことはありませんが、いつかあなたと行けたらと勝手に思っています」

「私は一度弘前に行ったことがあります。確か、天皇誕生日だったと思うのですが、とても暑かったのを覚えています。私も、あなたと桜の弘前城を散策したいです」

「しばらく仕事が忙しくて、メールが出来ませんでした。いま、たいへんな責任ある仕事を任されていて、残業が続きました。でも、それも終わり、やっと一息ついたところです。いつか、お会い出来る日があればと願っています」

この時点では、まだ、積極的に会いたいという意思表示はない。やはり、被告人はコンプレックスから消極的になっているようだ。

　だが、被害者のあるメールによって、被告人の心境が変化する。

「今まで隠していましたが、じつは私はバツイチなのです。夫は他に女をこしらえ、そのことで抗議をすると、暴力をふるいます。去年の一月にやっと離婚が成立しました。でも、その寂しさから出会い系サイトに登録してしまったのです。でも、あなたのようなやさしい男性と出会えてよかったと思っています。留美子」

「よくお話ししてくださいました。あなたもつらい目に遭ってきたのですね。じつは、私は独身ですが、女性に対して臆病で、いまだに心を裸にしてつきあえるひとにはめぐりあうことは出来ません。でも、あなたなら、裸のつきあいが出来る。そう思ってうれしくなりました。一太郎」

「この前のあなたのメールに、裸のつきあいが出来ると書いてあるのを読み、ひとりで顔を赤らめてしまいました。こんなことを言うと、はしたないと思われるでしょうが、あの夜、あなたに抱かれる夢を見てしまいました。留美子」

「私のほうこそ、興奮して眠れませんでした。あなたに会いたい。切に望みます。一太郎」

「今宵、あなたの胸に抱かれて就寝します。どうか、あなたも、私を抱いてください」

　以降、メールの内容が段々卑猥《ひわい》な表現を含むようになっていった。

やがて、冒頭陳述にあったように、お金に絡むメールになっていく。

次に検察官はビニール袋に入った包丁を提出した。文化包丁である。

この包丁が被害者の命を奪ったのである。そのことを考えると、おぞましいものに思えた。

最後に、死体の写真がモニター画面に映し出された。

「司法解剖所見によりますと、並河留美子は背中と心臓部……」

まず、並河留美子の創傷。背中の刺し傷と心臓部の刺し傷。それぞれ傷口がぱくりと開いている。

「傷は最初に背中、次に心臓部。致命傷は心臓部の深さ十センチに及ぶ傷であります」

次に、母親の富子の創傷の写真。腹部と心臓部。正面から突き刺したのだ。

留美子のほうに、富子の血液が検出されたことから、殺害の順序はまず富子を殺し、その同じ刃物で留美子に襲い掛かったと、殺害順序が特定されていた。

私は胸がむかついてきた。突然に命を奪われた被害者たちの呻《うめ》きが聞こえてきそうだった。残虐な犯人に制裁を加えてください。私たちの仇《かたき》をとってください。死体の傷痕がそう訴えているようだった。

その日の審理を終え、私たちはもう一度評議室に入った。

さしたる話し合いはなく、裁判員たちの疲労が濃いのを見かねたように、

「きょうはお疲れさまでした」

と、裁判長が早々と切りあげ、きょうの任務は終わった。

私が総武《そうぶ》線新小岩《しんこいわ》駅から歩いて十分ほどの場所にあるマンションに帰って来ると、ドアの前に、女性が立っていた。

コートの襟を立てているので顔は見えないが、妻の友人の石渡千佳だとわかった。独身のせいか、若々しい。

「お帰りなさい」

千佳が寒そうな顔で言う。きょうは十二月並みの気温であった。

「こんなところで待っていたんですか」

「ええ。会社が終わってから一時間ぐらいだという計算で来たんですけど」

裁判所からまっすぐ誰もいない部屋に帰る気がしなかった。かといって、事務所に顔を出すのも億劫《おっくう》だった。

私は途中、夕食を食べたあと、カウンター・バーで、水割りを二杯呑んできた。少なくとも、二時間以上は帰宅が遅れている。

寒そうな唇が、彼女が待っていた時間の長さを物語っていた。

私はドアを開けた。

私は先に部屋に上がった。そして、すぐに石油ストーブのスイッチを入れた。

彼女はまだ玄関に立っていた。

「どうぞ」

私は声をかけた。

「失礼します」

彼女は部屋に上がった。

ぼうっという音がして、ストーブに火がまわった。

「お座りください」

椅子《いす》を勧《すす》め、台所に向かう。

ガスコンロを点火し、薬罐《やかん》をかける。

「彼女から、これを頼まれました」

私はまがまがしいものを見るように、彼女がテーブルの上に出した紙切れを見た。

一瞬、目眩《めまい》がした。

「私、いやだと断ったんですけど、どうしても頼むって」

彼女が苦しげにあえぐように言う。

「離婚届ですか」

内心の動揺を隠し、私はひややかに言い、茶簞笥《ちゃだんす》から湯呑みを取り出した。

「あなたに合わせる顔がないから、私に頼んだんだと思います」

「沖田というひとと同棲しているんですね」

「ええ。沖田さんの母親もいっしょでした」

「母親？」

「沖田さんの母親、末期ガンなんですって。自宅で死にたいって言うので、彼女、その母親の看病しているわ」

「看病ですって。信じられないな。彼女が看病だなんて」

私の母親とは同居はいやだと断ったくせに、沖田の母親には看病までしているのかと、私は不愉快になった。

私は醜《みにく》く歪んだ顔を千佳から隠すように、流し台の窓から見えるマンションの窓の明かりを眺めた。

靄《もや》っているのか、それとも自分の目のせいか、明かりが滲《にじ》んで見えた。

「あなたのお気持ち、わかります。これ、彼女に突っ返してきます」

千佳は離婚届をバッグに戻そうとした。

「いえ。置いておいてください」

「書くのですか」

「わかりません。気持ちの整理がついたら……。いえ、書かざるを得ないでしょうけど」

「彼女の本心じゃないと思うんです。彼女、あなたのことをほんとうに愛して……」

「やめてください。最初の恋人と再会して、彼女の心は私から離れていったんです。その時点で終わったんだ」

「あなたがもっと彼女のことを見てあげていたら、こんなことにならなかったんです。彼女、寂しかったんだと思うわ」

「だから、なんだと言うんですか。今さら、何が出来ると言うのですか」

お湯が沸いてきて、私が薬罐からポットにお湯を移した。

そして、茶をいれ、彼女の前に差し出した。

「すみません」

千佳は小さな声で言う。

「ともかく、今の私はよけいなことを考えたくないんです。いえ、考えられないんです」

「一度、彼女に会ってみませんか。彼女にも勧めてみます」

「無理でしょう。その気があるのなら、こんな紙切れをあなたに託しませんよ」

「まだ、あなたに未練があるからじゃないんですか。だから、あなたに会うのが怖かったのかもしれません」

「そんなはずはない。もう一年近くも別居しているんです」

私は顔をしかめ、ため息をついた。

「石渡さん。私は今週いっぱい会社を休んでいるんです」

千佳が怪訝《けげん》そうな顔をした。

「裁判員ですよ」

「裁判員？」

「ええ、私は裁判員に選ばれ、きょうから裁判がはじまったんです。昼間、残虐な事件の審理を聴いてきた。被告人の運命を左右する評決をしなければならない身なのです。場合によっては被告人に死刑の判決を下さなければならないのです。その裁判員の仕事によけいな雑念を持ち込みたくないのです」

「裁判員になったのですか」

千佳は目を見開き、驚きの表情になった。

「そうです。ですから、私は真摯《しんし》に裁判と向き合いたいのです。よけいなことに心を煩《わずら》わされて、判断を誤りたくないのです。ひとりの人間の命がかかっているのですからね」

「そうですか」

千佳は頷《うなず》いた。

「離婚のことは、裁判が終わったあと、じっくり考えます」

「わかりました。ただ、これだけは聞かせてください」

千佳が挑むように言う。

「あなたは、彼女のことをどう思っているのですか。もう、忘れたのですか。それとも、まだ……」

「わかりません」

私は首を横に振った。

「自分でも、自分の気持ちがよくわからないのです」

千佳はコートを手元に引き寄せた。

「ごめんなさい。よけいな話を持ち込んで」

千佳が椅子から立ち上がった。

コートを羽織ってから靴を履いて土間に立ったあと、千佳が振り向いた。

「彼女、こう言っていたわ。運命だったのかもしれないって」

「運命……」

何が運命なのか。離婚することになるのが運命だというのか。いや、沖田という男と再会したのが運命だったのだろう。

「彼女、まだ、あなたのことを愛しているわ」

千佳はドアを開けて外に出て行った。

最後の言葉がまだ耳に残っていた。

4

　翌日、冷たい雨が降っている。裁判所の門を潜るまで、ゆうべの千佳の言葉が耳朶《じだ》に張りついている。

「彼女、まだ、あなたのことを愛しているわ」

　美緒子のことは、もう諦めている。昔の恋人のところに走った女が戻って来るとは思えない。なのに、その言葉が胸に引っかかっている。

　評議室に入ると、稲村久雄がすでに来ていた。皺《しわ》のない背広で、背筋を伸ばして座っている。

「おはようございます」

　私が声をかけると、軽く頷いてみせただけだ。

　続々と、他の裁判員もやって来た。最後に、看護師の古池美保がやって来たが、暗い表情で元気がない。

　何か、心配事でも出来たのか。

　ここに集まった裁判員はどういう人生を送っているひとたちか、私にはさっぱりわからない。だが、ひとにはそれぞれ悩みや苦しみがあるはずだ。古池美保もまた、私のように苦悩を抱えているひとりかもしれない。

時間になって、裁判官が呼びに来た。私たちは連れ立ち、法廷へと向かった。

二日目の審理がはじまった。

「それでは検察官請求の目撃者井村智美の証人尋問をはじめます。証人をこちらへ」

裁判長の声を待って、廷吏《ていり》が傍聴席の端で待機していた二十代後半の女性を証言台に導いた。

二つボタンのチャコールグレーのジャケットにスカートという姿で、目鼻だちが整っているからか、華やかな感じがする。

裁判長が人定尋問をはじめ、さらに、偽証罪や証言拒否権の告知など、型通りの手続きのあと、証人は宣誓書を読み上げた。

そして、裁判長の指示で、証人が腰を下ろしてから、検察官の主尋問がはじまった。

「あなたは、練馬区桜台七丁目にある桜台ハイツに住んでいるのですね」

脇屋検事が両手を前で組んだ姿勢で問いかけた。

「はい。そうです」

大きな瞳を裁判長に向けて、証人は緊張した声で答えた。

「あなたの住む桜台ハイツと被害者の家は離れているのですか」

「いえ、五十メートルほどの距離です」

証人の声は少し鼻にかかって、なんとなく色っぽい。

「あなたは、被害者の並河留美子さんをご存じですね」

脇屋検事は証人をまぶしそうに見てきく。

「はい。知っています」

「どういうつながりですか」

「留美子さんの母親の富子さんとは、犬の散歩でよくいっしょになりました。そのことから、会えば話をするようになりました。留美子さんとも会ったことがあります」

証人は緊張がほぐれたようだ。

「留美子さんはどんなひとでしたか」

「細身で色白の色っぽい女性でした。おとなしく、控えめな女性のように思えました」

「証人は、ここにいる被告人を見たことはありますか」

証人は被告人に顔を向けた。

「はい。見たことはあります」

「いつ見たのですか」

「三月二十六日の夜です」

「どこで見たのですか」

「被害者の家から飛び出して来ました」

「顔を合わせましたか」

「はい。門の前で鉢合わせしましたから」

「夜でしたが、顔はわかったのですか」

「傍《そば》に街灯があって、明かりがありましたから」

「どんな様子でしたか」

「とても、あわてていました。まるで、逃げるように、通りに向かいました」

「あなたは、被告人が逃げて行くのを見て、どう思いましたか」

「並河さんの家で何かあったのではないかと思い、玄関を見ました。そしたら、少しドアが開いていたのです。変だなと思いました」

「それで、あなたは、どうしたのですか」

脇屋検事は余裕の口ぶりで質問を続ける。

「門の横にあるインターホンを鳴らしました。そしたら、犬が吠えながら飛び出して来ました。でも、他には誰も出て来ませんでした」

「犬ですか」

「はい。並河さんの家で飼っているパピヨンです」

「犬が飛び出して来たが、誰も出て来ない。それで、あなたは不審に思ったのですね」

「そうです。犬を抱っこしたら、手に粘っこいものがついたのです。それが血だとわかって……」

証人の井村智美は形の良い眉を寄せ、声を呑んだ。

「あなたは、家に入ってみたのですか」

「はい。ジュリー、犬の名前ですが、ジュリーを家の中に帰すためもあって、玄関に入り、大声で、並河さんと呼びかけました。でも、応答はありません」

「それで、あなたは部屋を見てみようとしたのですね」

「そうです。玄関の脇の部屋の戸が少し開いていたので、廊下に上がり、部屋を覗きました。そしたら、留美子さんが倒れているのが見えたのです」

「わかりました。終わります」

脇屋検事は尋問の終了を告げて着席した。

「それでは、弁護人。反対尋問をどうぞ」

裁判長が横田弁護士に声をかけた。

立ち上がった横田弁護士は裁判員に一礼してから、質問をはじめた。

「あなたは、被害者宅から飛び出して来た被告人を見たということですが、はっきりと顔を見たのですか」

「見ました」

「どんな表情をしていましたか」

「青ざめて、目がつり上がって、怖い顔つきだったと思います」

「被告人は、あなたと出くわしたとき、何か叫んだはずです。あなたは覚えていますか」

「いえ、覚えていません」

「何か、叫んだのは覚えていますか」

「ええ、そういえば、何かわめいていました」

証人は小首を傾《かし》げた。

「被告人は、たいへんだ、殺されていると訴えたそうです」

「私には聞き取れませんでした」

証人は自信なさげに答える。

「なぜ、聞き取れなかったのでしょうか」

「さあ」

証人は困惑顔になった。

「あなたは、被告人と出くわしたとき、驚きましたか」

「ええ、いきなり目の前に現れたのでびっくりしました」

「驚いたので、被告人の訴えが耳に入らなかったのではないでしょうか」

「そうかもしれません」

証人は素直に認めた。

「被告人が逃げ出したのは、被告人が叫んだあとですね」

「そうだったと思います」

証人は記憶をたぐるように言う。

「被告人は、ふたりが死んでいることをあなたに訴えたが、あなたは非常に驚いてしまっている。これでは自分が疑われると思い、怖くなって逃げ出したのではないでしょうか」

「異議あり」

脇屋検事が異議を申し立てた。

「弁護人は、自分の考えを証人に押しつけようとしております」

「この証言は重要なことであり、証人の記憶を喚起《かんき》するために、あえてこういうきき方をいたしました。決して、自分の考えを押しつけるものではありません」

横田弁護士がすかさず反論したが、裁判長は、

「質問の仕方を変えるように」

と、横田弁護士に注意をした。

横田弁護士は頷き、

「では、改めておききします。あなたは、被告人がなぜ逃げ出したのだと思いましたか」

「わかりません。私はとても驚いていたので、事態が呑み込めませんでした」

証人は戸惑い気味だ。

「では、あなたが何かの異変を感じたのはいつですか」

「門から玄関を見たときです。ドアが少し開いていたので、妙に思いました」

「つまり、その時点まで、異変を感じたものの、家の中で被害者が殺されているなどとは想像もしなかったわけですね」

「はい」

「事件があったのだと思ったのはいつですか」

「はっきりわかったのは玄関に入り、横の部屋を覗いて、女のひとが倒れているのを見たときです。その前に、インターホンを押したとき、すぐに、ジュリー、被害者の飼っている犬が吠えて、外に飛び出して来ました。ジュリーの毛に血のようなものが付いていたのに気づいて、何か起きたのだと思いましたが、あんなことになっていたとは想像も出来ませんでした」

「女のひとが倒れているのを見たとき、あなたはさっき出会った被告人のことを思い出しましたか」

「はい。思い出しました」

「どう思ったのですか」

「あの男が犯人だと思いました」

「つまり、事件が起きたとわかった時点で、被告人が犯人だと思ったということですね」

「そうです」

「終わります」

裁判員に向かって言い、横田弁護士は尋問の終わりを告げて着席をした。

「どなたか、質問がありますか」

裁判長が裁判員にきいた。

別の裁判員裁判では、検察側の証人尋問、弁護側の反対尋問が終わり、裁判所の尋問に入る前に休憩をとったというのを新聞で読んだ記憶がある。

裁判員が内容を整理する時間をとったのかもしれない。だが、大室裁判長はすぐに、裁判所の尋問に移った。

「よろしいでしょうか」

裁判官をはさんで、私と反対側に座っている女性の裁判員が口を開いた。スポーツインストラクターの金沢弥生である。

「はい。五番の方、どうぞ」

裁判長が声をかけた。

「それでは、質問をさせていただきます」

金沢弥生はそう言ってから、

「あなたが被告人と門のところで出会ったとき、被害者の飼っていた犬は鳴いていなかったのですか」

「ええ、鳴いていませんでした」

「飼い主が死んでいるのに、犬はそのことがわからなかったのでしょうか」

「さあ、そのへんのことはわかりません。ただ、ジュリーは人懐こいので、誰がいても安心していたのかもしれません」

「それが、自分の主人を殺した人間であってもですか」

「はい。犬にはどんなことかはわからず、被告人がいたのも人間が近くにいるという感覚だったのかもしれません」

「でも、被告人は先に外に飛び出したのですよね。その間、犬はひとりぼっちでいましたが、おとなしくしていたというのですね」

「そうだと思います」

私は犬を飼ったことがないのでよくわからないが、飼い主の死体の傍で鳴いている光景が目に浮かぶ。だが、この犬はそういうことはなかったようだ。

おそらく、金沢弥生は犬を飼っていた経験があるのだろう。だから、犬のことをしつこくきいたのだと思った。

「被告人が逃げたあと、犬は主人の死体といっしょにいたことになりますが、犬はなぜ吠えたりしなかったのでしょうか」

「さあ、その点についてはわかりません。ふつうでしたら、置いていかれたらあとを追って鳴くのですが。死体でも、飼い主なのでただ傍にいたのかもしれません」

証人の答えはあくまでも想像でしかない。

「ありがとうございました」

今の質問について、他の裁判員も特に関心を示さなかった。たかが犬のことだと思っているようだった。

だが、私は気になったことがある。犯人は、よく犬を殺さなかったということだ。なぜ飼い主の異常な状況に犬は何の反応も示さなかったのか。異変を察して吠える。それがうるさくて犬まで殺してしまう。そういうことを想像したのだが……。

「次、どなたかいらっしゃいますか」

裁判長が次の質問を求めた。

「よろしいですか」

家電販売員の広木淳だ。

「どうぞ、三番の方」

裁判長が指名する。

「あなたは、いつも何時頃、犬を散歩させているのですか」

おやっ、と私は思った。また、犬に関連したことだ。

「会社に行く前の朝七時と、会社から帰ったあとの、だいたい夜の九時頃です」

「散歩のコースはどの辺りなのでしょうか。被害者の家の前を通るとか」

「いえ、いつも散歩する公園は並河さんの家とは反対方向なので、そっちには行きませ
ん」

「わかりました。ありがとうございました」

広木淳は質問を終えたが、彼はいったい何がききたかったのだろうか。

「他に、ありませんか」

もう裁判員から質問はなかった。

「それでは、証人、ごくろうさまでした」

裁判長の言葉に、証人の井村智美は一礼をして証言台から離れた。

証人尋問の間、被告人は俯いたままだった。

「それでは、ここで十五分間の休憩をとります」

裁判長が言うと、傍聴人の立ち上がる音でざわついた。

評議室に向かった。その途中で、看護師の古池美保が携帯を取り出し、外に出て行った。今朝から、暗い表情だったが、部屋に帰って来た彼女の顔はさらに曇《くも》っていた。何かあったのかもしれない。

私だけではなく、古池美保も何かの問題を抱えているようだ。個人的な苦悩などは、裁

判員の辞退理由にならない。たとえ、それが個人にとって、どれほど大きな問題であろうと。

他の裁判員がどんな事情を抱えて、この場に臨んでいるのか。他人が推し量ることは出来ない。

全員が揃ったのを確かめてから、

「ただ今の証人尋問で、何かわからないことはありましたか」

と、裁判長がきいた。

裁判長の目が私に向けられたので、私は口を開いた。

「さっきの金沢さんの質問に、犬のことがありました。犬は、殺人の惨劇が起こっている間、吠えたりしないものなのか。そのことが疑問に残っているのですが」

「そりゃ、犬の問題だ。こっちが考えることでもあるまい」

稲村久雄がばかにしたように言う。

「しかし」

私は反論しようとしたが、考えがまとまっていなかった。

だが、すぐに思いついてきいた。

「犬の習性を、専門家に訊ねることまでは必要ないんでしょうか」

「必要があれば、検察官なり弁護人から要請があります。でも、両者とも、そこまでの必要はないと思っているようです」

「犬に証言は出来ないからな」

広木淳が口に出した。

「さっき、あんたは証人に散歩のコースをきいていたが、あれにはどんな意味があったんだね」

理髪店店主の西羽黒吾一が広木淳にきいた。

私も気になっていたので、広木淳に顔を向けた。

「いや。特に……」

広木淳はそっけなく言った。

私は何かきこうとしたが、裁判長の声に遮《さえぎ》られた。

「これから、事件を担当した警察官が証人として出ます。もし、さきほどの証人尋問で納得出来ないことがあれば、警察官に質問してもよいかもしれません」

隣の陪席裁判官が裁判長に時間を教えた。

「それでは、行きましょうか」

裁判長の声に、一斉に立ち上がった。が、看護師の古池美保が少し遅れた。何か、他のことを考えているようだった。

一瞬浮かんだ離婚届のことを頭から追い払い、私も廊下に出た。

5

法廷に入り、私は自分の席に着いた。すでに、傍聴人も座っている。

「それでは審理を再開します。証人をどうぞ」

裁判長が促《うなが》すと、廷吏が黒のセーターの上に格子縞《こうしじま》のジャケットを羽織った四十代半ばの男を証言台に導いた。小肥りで、腹が出ていて、どことなくユーモラスな体型だ。警察官とは思えない雰囲気である。

「証人の名前は」

裁判長が質問をした。

「川島和彦《かわしまかずひこ》です」

高音の声も、イメージと合わない。

人定尋問によると、川島和彦は練馬中央《ちゅうおう》警察署の刑事だった。年齢は見た目より若い四十一歳。

証人宣誓が終わってから、検察官が主尋問に立った。

「あなたは練馬中央警察署捜査一係に所属しているのですね」

「そうです」

証人ははっきり答えた。証言台に立つのに慣れている感じだった。

「本事件の捜査に当たったのですね」

「はい。最初から、関わっておりました」

「では、現場にも行ったのですね」

「はい。行きました」

「到着したときの現場の様子を教えていただけますか」

「はい。まず、並河留美子は玄関を入ってすぐ右手にある六畳の応接間のソファーの脇に仰向けに倒れておりました。ピンクのセーターの背中と心臓部が赤黒く、血が滲み、光っておりました」

「光っていたというのは、まだ出血して間もないということでしょうか」

「そうです。一時間も経《た》っていないと思いました」

「その部屋に争ったあとはありましたか」

「いえ、ありません。テーブルの上の花瓶もそのままでした。部屋の入口付近で背後から襲われ、さらに振り向いたところで胸を刺されたのだと思います」

「それから、どうしたのですか」

「第一発見者の女性から、被害者宅はふたり暮らしだと聞いていたので、もうひとりを捜しました。すると、廊下の突き当たりにある台所で母親の富子がうつ伏せで死んでいました」

「そこに争ったあとはありましたか」

「はい。テーブルがずれて、上に載っていたものが落ちていました。これは被害者が倒れる際にぶつかったものと思われました」

「凶器はありましたか」

「はい。台所の流しに、文化包丁がありました。流しからは血液が検出され、犯人はそこで手といっしょに凶器についた血を洗い流したものと思われます」

「すると、凶器から指紋などは検出されなかったのですね」

「そうです」

「殺害の順番はどうなりますか」

「はい。被告人は台所に行き、文化包丁を探し、まず、そこで富子に襲い掛かったものと思われます。そして、悲鳴に驚いて台所にやって来た留美子が逃げ出したのを追いかけ、玄関脇の応接間に入ったところを、肩を摑《つか》み、背中を包丁で刺し、さらに心臓部に突き刺したのです」

「犯人がまず、富子に襲い掛かったのは間違いないでしょうか」

「はい。鑑定の結果、富子の血が留美子のセーターの背中に付着しておりました。したがって、富子、留美子の順で刺したのは間違いありません」

「犯人の見当はついたのですか」

「第一発見者の井村さんが門の前で出会った男について捜査を開始しました。と、同時に、被害者宅を調べたところ、カレンダーの三月二十六日の欄に、夜八時と書き込みがありました。八時に誰かがやって来るということです。さらに、パソコンを調べたところ、被告人とのメールのやりとりの記録が見つかり、そのメールアドレスをプロバイダーに照会し、住所を確かめました」

「被告人を逮捕するまで二日かかっていますが、その間、捜査をしたのは木原一太郎という被告人だけですか」

「いえ。被害者の留美子の周辺には、別れた元夫の新山三喜夫、そして現在、つきあっている四十代半ばの会社社長の男性がおりました。しかし、新山三喜夫には当夜のアリバイがあり、会社社長も得意先との接待で銀座《ぎんざ》におり、いずれも事件と無関係と判断しました。さらに、通りがかりの流しの犯行という見方からも捜査しましたが、屋内に物色のあとはなく、物取りではなく、あくまでも恨みによる犯行という線から、被告人を容疑者と断定しました」

証人はよどみなく答える。

「取調べにはあなたも参加したのですか」

「私もやりました」

「被告人は罪を認めたのでしょうか」

「いえ。頑強に否認しました」

「当時は被疑者ですが、被告人はなんと言い訳をしたのですか」

「被害者の家に行ったことは間違いないが、行ったらすでにふたりは死んでいたと言いました」

「ところが、その後、被告人は自分がやったと自供しましたね」

「はい。最初の取調官が、もろもろの状況証拠を突きつけ、問いただしましたが、頑《かたく》なに犯行を否認しておりました。そこで、私が取調べを代わり、並河留美子には会社社長の恋人がいて、君と結婚する気など毛頭なかった。君の心を弄《もてあそ》んだ被害者を私も許せないなどと話し、それから被告人の生い立ちなどを聞いているうちに、お互いに友情関係のようなものが生まれ、被告人の心と触れ合うようになったとき、突然、私がやりましたと自供をはじめたのです」

「その後は、素直に喋るようになったのですか」

「はい。そうです」

「しかし、起訴されてから、突然、被告人は犯行を否認しました。この点をどう思いますか」

「信じられません。あのとき、被告人は素直な気持ちで罪を認めたのです。それを、今になって覆《くつがえ》すとは、私は裏切られた思いでおります」

　証人はちらっと被告人のほうを見た。

「これまでにも冤罪《えんざい》事件は数多く起こっています。このことを、どう思いますか」

「冤罪はあってはならないことだと思っています」

「冤罪の起こる原因はなんでしょうか」

「よく別件逮捕とか、代用監獄とかが冤罪を生む要因だと言われております。したがいまして、私たちはそういう誤解を招かないように、慎重に捜査を行なっております。本事件については、まず別件逮捕ではありません。また、留置場に長期間拘禁されていると精神的に不安定な状況になり、やってもいない自白をするという識者らの指摘があります。私たちは、そういった疑いを持たれないように、被疑者の人権を侵害しないように取調べをしてきたつもりです」

「終わります」

　脇屋検事は主尋問を終えた。

「それでは、弁護人。反対尋問を」

　裁判長は横田弁護士に声をかけた。

　横田弁護士はおもむろに立ち上がった。

「あなたは第一発見者の井村智美さんから、門で出会った男の人相を聞いたと思いますが、それはどのタイミングできいたのでしょうか。死体を調べたあとですか」

横田弁護士は言葉を吟味《ぎんみ》しながらきいた。

「もちろん、そうです」

「玄関脇の部屋の並河留美子の死体と、台所の富子の死体を見たあとですね」

「そうです」

「そして、事件は物取りの犯行ではなく、顔見知りの人間の仕業であると考えていたのですね」

「そうです」

「さらに、犯行後、間もないということもわかっていたのですね」

「ええ。そうです」

「また、カレンダーの三月二十六日の欄に、夜八時と書かれてあったのを見て、誰かが八時に来訪したはずだと思いましたか」

「そうです」

横田弁護士は間をとって、

「すると、当然、その時点では、井村智美さんが門でばったり出会った男がその誰かだったのではないかと考えましたね」

と、確かめるようにきいた。

「そうです」

「そして、容疑が濃いと？」

「いえ」

「一番怪しいと思ったのではないのですか」

横田弁護士は意外そうな顔をした。

「いえ。疑わしいとは思いましたが、まだ、百パーセント犯人だと決めてかかってはいません」

「しかし、もし、犯人でなければなぜ、警察に通報せずに逃げたのか。そういう疑問を当然持ったはずですから、やはり、疑いは濃いと思ったのではありませんか」

「確かに、疑いは濃いと思いました」

横田弁護士は満足そうに頷いて続けた。

「その後、警察は被告人の居場所を確かめるためにパソコンのメール情報まで調べていますが、被告人を見つけ出すまでの間、他に犯人のいる可能性を考えましたか」

「もちろんです。捜査はあらゆる可能性を考えて行ないます」

「その間、どのような捜査を行なったのですか」

「当然、被害者ふたりのそれぞれの交友関係を洗いました」

「その中に、留美子の元夫と恋人の会社社長がいたのですね」

「そうです。このふたりについて、アリバイを調べましたが、ふたりとも当夜は別の場所にいたことがはっきりしていました」

「そのアリバイの裏付けもとったのですね」

「もちろんです」

　証人は自信に満ちた顔つきで答えた。

「たとえば、元夫の新山三喜夫氏について……」

「異議あり」

　脇屋検事の鋭い声が飛んだ。

「弁護人はまったく無関係な質問をしております。元夫のアリバイ云々《うんぬん》は、本審理とはまったく関係ないものです」

　脇屋検事がいっきに言い放つと、横田弁護士も即座に反論した。

「弁護人は、被告人に捜査の目が向いた原因を調べているのです。もし、本事件において、被告人の存在をまったく知らなかった場合でも、元夫や会社社長に対する捜査は変わらなかったのかどうか。つまり、最初から被告人ひとりに的を絞《しぼ》って捜査が行なわれていたのではないかということを確かめたかったのです」

　裁判長は左右の陪席裁判官に確認をとってから、

「異議を認めます。無関係なひとのプライバシーをいたずらにほじくりかえすことにもなりかねません。また、弁護人の意図はわかりますが、それは別の質問の仕方でも叶うはずです」

と、諭すように言う。

横田弁護士は少し不服そうな表情だったが、

「わかりました」

と、素直に引き下がった。

弁護人は改めて証人に顔を向け、

「パソコンのメールの内容を調べたのはいつですか」

「事件の翌日です。捜査本部にパソコンを持ち帰り、調べた結果、メールが入っていました」

「それは何時頃ですか」

「徹夜でやっておりましたから、明け方にはわかりました」

「そのメールには、お金のことも含め、生々しいやりとりが記録されておりました。この時点で、木原一太郎の容疑はますます濃厚になったのではありませんか」

「確かに、疑いは濃くなりました」

横田弁護士はすかさずきく。

「それで、インターネットのプロバイダーに問い合わせ、契約時の情報を得て、木原一太郎の住所を知り得たのですね」

「そうです」

「それは何時頃になりますか」

「その日の午後にはわかりました」

「それで、すぐに大田区大森のアパートに出向いたのですね」

「そうです」

「それが何時頃ですか」

「夕方四時ぐらいでしょうか」

「アパートには帰っていなかったのですね」

「はい。朝刊が配達されたままになっていました」

「それで、どうしましたか」

「管理人に部屋を開けてもらい、中に入りました」

「管理人に部屋を開けてもらったというのは、相当確かな疑いがあったからでしょうが、部屋の中で何か見つかりましたか」

「勤めている会社がわかりました。それで、電話をすると、きょうは出社していないとのことでした」

「どう思いましたか」

「事件に関係していると思いました」

「つまり、その時点では最重要容疑者になっていたのではありませんか」

横田弁護士は強い口調できいた。

「まあ、それに近い状況でした」

「さきほどの話に戻りますが、元夫や恋人の会社社長のアリバイを調べたのはいつのことですか。その日ですか」

「いえ、その翌日です」

「つまり、最重要容疑者が浮かんだあとということですね。元夫や会社社長のアリバイ云々は、もう捜査本部ではどうでもよいことになっていたのではありませんか」

「いえ、そんなことはありません」

証人の声が弱々しいものになっていた。

「次に、犯行の模様ですが、なぜ、被告人は最初に母親の富子から殺したのでしょうか」

「それは、凶器の文化包丁を台所までとりに行き、そのあと富子がやってきた。だから、富子が最初の犠牲者になったのです」

「被告人は玄関脇の応接間で、留美子と話し合っていたということでしたね」

「そうです」

「その話し合いの中で、結婚する気はないなどという言葉で傷つけられた被告人はかっとなって台所まで包丁をとりに行ったということですね」

「そうです」

「最初は殺すつもりはなかったが、話し合いの最中にかっとなって殺意が芽生えたということですが、どうして、被告人は台所の場所がわかったのでしょう。さらに、包丁がある場所まで知っていたのでしょうか」

弁護人は執拗《しつよう》に問い続ける。

「そんなに広い家ではありません。台所はすぐわかります。それに、だいたい包丁は流しの下の扉の内側に差してあるものです。ですから、包丁を持ち出すのはさして難しいことではなかったはずです」

「流しの下の扉からは被告人の指紋は検出されたのですか」

「いえ」

「なぜですか。扉を開けたとき、指紋がつくのではありませんか」

「たまたま、包丁は流しに出ていたのです」

「それはどうしてわかったのですか」

「状況が物語っています」

「状況とはなんですか。犯人が台所にあった包丁を使ったからですか。そして、流しの下の扉には被告人の指紋がなかった。だから、包丁は流しの上に出ていたと考えたのではないのですか」

証人は返答に詰《つ》まった。

「包丁が流しに出ていたという証拠はないのですね」

「いえ。まな板の上にキャベツが出ていました。それを切るために包丁を用意していた可能性があります」

「あくまでも可能性だけですね。もし、包丁が流しの下に仕舞ってあったのだとしたら、扉に被告人の指紋がついていないのは妙ではありませんか」

「被告人は指紋がつかないようにハンカチを使って扉を開けたことも考えられます」

「ようするに、包丁がどこにあったかは、警察は把握していないということですね」

「それは瑣末《さまつ》なことですから」

「そうでしょうか。これは大きな問題だと思いますよ。まあ、いいでしょう」

弁護人は裁判員に顔を向けてから、

「応接間から被告人が飛び出して行ったあと、留美子は何をしていたのでしょうか。被告人のあとを追って台所に行き、富子が刺されるのを見たということですが、被告人が怒り狂って台所に向かったのです。留美子は一大事が起こったと思ったはずなのに、なぜ、逃げ出すか、助けを求めて大声を出さなかったのでしょうか。隣の家では、悲鳴などに気づいていないのです」

「それは不意を突かれたからです」

「しかし、留美子は十分に逃げる時間はあったはずです」

「まさか、殺されるとまでは思っていなかったのだと思います」

「被告人は、なんのために被害者宅を訪れたのでしょうか」

「三百万円を渡すという口実のもとに、被害者の家を訪ね、並河留美子に翻意を促そうとしたのです」

「では、被害者のほうは、何のために被告人を自宅に招いたのでしょうか」

「三百万円をもらうためです」

「三百万円を出させるなら、なぜ、被告人を怒らすような態度に出たのでしょうか。怒らせたら、金を持って引き上げてしまうとは思わなかったのでしょうか」

「必ず結婚すると約束しなければ金は渡さないと言ったのです」

「そう言ったというのは誰の証言ですか」

「被告人が自白したのです」

「しかし、被告人は認めていませんが」

「いえ、言いました」

「被告人は最初は犯行を否認していたのですよね」

横田弁護士は今度は静かな口調できいた。

「そうです」

「自供をはじめたのは、逮捕から何日後ですか」

「二週間ほど経ったあとです」

「その時点では、警察は被告人が犯人に間違いないと思っていたのですね」

「そうです。証拠も揃っておりました」

「つまり、あとは自白を待つだけだったのですね」

「そうです」

「取調べの間の被告人の様子はいかがでしたか」

「ただ、やっていないの繰り返しで、罪の意識がまったくないようでした」

「それは、ほんとうに何もやっていなかったからではないのですか」

「いいえ、あくまでもしらを切ろうとしているようでした」

「なぜ、急に自白をはじめたのでしょうか」

横田弁護士は声を高めた。

「被告人との信頼関係が出来たからだと思います。被告人はやさしい言葉を待っていたのです。問い詰めると反抗的になっていたものが、やさしい言葉で、人間の心を取り戻し、罪の意識が蘇ったのだと思います」

「被告人はやさしく、おとなしい人間です。それまでの二週間の過酷な取調べで、精神的にも相当弱っていたのではありませんか」

「留置場の出入りの記録を調べてもらえれば、おわかりいただけると思いますが、必要以上に長時間の取調べは行なっていません」

横田弁護士が留置場の出入りの記録を証拠として提出しないのは、証人の言うように、取調べの時間帯は非常識なものではなかったからかもしれない。

「あなたのお話ですと、被告人は人間の心を取り戻したから自白したということですが、では、なぜ、起訴されたあと、被告人は否認に転じたのでしょうか」

「助かりたい一心からです」

横田弁護士はちょっと困ったような顔をした。

ようやく口を開く。

「あなたは、被告人に対して長時間の取調べはしていないと言いましたが、昼間でも薄暗い狭《せま》い留置場に閉じ込められ、また警察官に四六時中見張られている。そういう中に二週間も閉じ込められていたら、ふつうの人間でも正常な精神状態でなくなってくるものではありませんか。また、取調室も狭く、そこで朝早くから夜まで過酷な取調べを受ける中で、ふとしたときにやさしい言葉をかけられたら、取調べの警察官に迎合《げいごう》して、つまり警察官の気持ちに応えてやりたいという異常な心理状態に追い込まれ……」

「異議あり」

脇屋検事が異議を唱えた。

すかさず横田弁護士は、

「終わります」

と、声高に言った。

脇屋検事は苦笑して腰を下ろした。

台所の件で、私は妙に思ったことがある。流しの下の扉の内側に包丁が差してあったのだとしたら、扉に指紋がつくはずだ。流しの上に出ていたのかもしれない。しかし、台所には、被告人の痕跡《こんせき》がまったくないのだ。

台所で殺された富子の衣服にも被告人のものと思える汗などの体液は発見出来ていない。これは、なにを意味するのか。

裁判長が左右の裁判員に顔を向けて、質問の有無をきいた。

相手が警察官だと思うと、ちょっと気後れがした。だが、私は勇《ゆう》を鼓《こ》して口を開いた。

「よろしいでしょうか」

「はい。二番の方、どうぞ」

「では、私からお訊ねします。被告人は犯行後、被害者宅の台所の流しで、血のついた包丁を洗ったのですね」

「そうです」

「台所のどこにも、被告人の指紋はついていなかったのですね」

「そうです」

「それだけ考えると、被告人は落ち着いているように感じられるのですが、玄関のドアから飛び出していった様子ではとてもあわてているように思えます。玄関のドアは少し開いたままですし、門の外にもあわてて飛び出して行っています。まるで別人のように感じられるのですが」

「そんなことはありません。被告人はあわてていたと思います。台所に指紋が残っていなかったのはたまたまであり、被害者の血は包丁から床に垂れていましたから」

その答えに、私は納得がいかなかったが、さらに質問することは出来なかった。が、裁判長が引き取ってきいた。

「被告人が玄関脇にある応接間から台所へ向かったという痕跡は何かありましたか」

「いえ、特にはありません」

「では、台所の包丁を手にしたのは被告人かもしれないが、被告人以外の人物だった可能性もあるということですか」

「いえ、被告人に間違いありません」

「その根拠はなんですか」

「包丁が流しに出ていたとしたら、すべて被告人の犯行だとして説明がつきます。もし、扉の内側に差してあったとしても、扉は簡単に開けることは出来たはずです。したがって、包丁がどこにあろうが、大勢に影響はないと思います」

証人は最後は一段と声を張り上げて言った。

「以上で終わります。証人はごくろうさまでした」

裁判長が言うと、証人は一礼して証言台から去った。

「それでは、本日の審理はこれまでとし、明日十時より審理を開始いたします」

裁判長の声が静かな法廷内に響いた。

一列になって、法廷から出た。

評議室に入るとき、ふと看護師の古池美保の顔が目に入った。浮かない顔つきだった。

裁判長もそのことに気づいたのか、全員が机についたとき、まず彼女に声をかけた。

「古池さん。きょうはいかがでしたか」

美保は困惑した顔で、はいと答えたが、あとの言葉は続かなかった。

「きょうは、第一発見者と警察官のおふた方の証人尋問がありました。その中で、第一発見者の尋問では、門の前で出くわした被告人が何かを叫んだのが問題になっていました。弁護側の話では、被告人は自分ではないと第一発見者に訴えたということですが、第一発見者の女性はその言葉を聞いていません。このことをどうとらえるかが、ポイントだと思います。次に、警察官の証人尋問からは、被告人は台所に立ち入った痕跡がないことが問題になりました。かっとなって、応接間から台所まで包丁をとりに行ったのだとしたら、当然台所に、被告人の痕跡があるはずだというのは弁護側の主張です。それに対して、痕跡がないことが被告人の犯行を否定するものではないと、証人は反論しています。このことをどう判断するかだと思います」

　裁判長は、古池美保があまり審理に身が入っていなかったことに気づき、ポイントを整理して話して聞かせているのだとわかった。

「今までのところでは、決め手がないんじゃないですか」

　稲村久雄が胸をそらしたまま続けた。

「その人間の受け止め方で、どっちにも転びますよ。現段階では、真実を判断する材料は不足していると思いますよ」

「ええ、仰《おつしや》る通りです。明日の証人尋問によって、また判断材料が増えるでしょう」

　裁判長はそう応じるしかなかったのだろう。

　だが、裁判長は続けた。

「ただ、今の段階では、何が問題になっているか、そのことをしっかり頭に入れておいて欲しいのです。皆さん、何かわからなかったことはありませんか」

　誰からも返事がなかった。

「堀川さんはいかがでしたか」

裁判長は私に顔を向けた。

「はあ。まだ、なんとも」

私は曖昧《あいまい》に答えた。

「さきほどの堀川さんの質問はなかなかよかったです。あの質問で、何が問題になったのか、明らかになったように思います」

裁判長は続けて、

「西羽黒さんはいかがですか」

と、西羽黒吾一に顔を向けた。

「私は、台所に指紋がなかったからといって、被告人の犯行が否定されるものではないと思っていますから」

西羽黒吾一は被告人に対して最初から厳しい見方をしていたが、今の返事は、私への当てつけのように思えた。

私が裁判長に褒められたことが面白くないのだろうか。

「広木さんは?」

広木淳は少し間を置いてから、

「証人の井村さんは、門の前でばったり出くわした被告人が犯人だと思ったと言っています。その印象は当たっているんじゃないですか」

「君。そんな先入観で、判断してはまずいだろう」

稲村久雄が注意をした。

「そうですね。一面だけを見るのではなく、いろいろな面から見て、判断していただくことが重要だと思います」

裁判長も言う。

広木淳は苦笑いをした。

「古池さんはいかがですか」

裁判長はまた古池美保にきいた。

はっとしたように、古池美保は居住まいを正した。

「特にありません」

どこか、心ここにあらずの感じだった。何か心配ごとでもあるのだろうか。

「金沢さんはいかがですか」

裁判長は金沢弥生に声をかけた。

「私も、検察官のほうにも、弁護人のほうにもどちらにも共感出来てしまい、どっちとも考えがつきません」

「まだ、どちらかが正しいとか、その判断をする必要はありません。ただ、今までの審理で、何かわからないことがあれば、ここで明らかにしておきたいと思っているだけです」

「わからない点はないと思います」

金沢弥生は自信なさげに言った。

「明日は五人の証人尋問、それから被告人質問、さらに検察側の論告求刑、弁護側の最終弁論と続き、評議に入る予定です。評議の時間は明後日の午前中までとってあります。それでは、本日はこれまでといたします。どうも、ご苦労さまでした」

裁判長が言い、立ち上がった。

裁判員もいっしょに席を立った。

裁判所の玄関を出てから、私は古池美保に声をかけた。

「古池さん。古池さん」

二度目の呼びかけに、やっと彼女は立ち止まった。

「あまり元気がないようですけど、何かあったのですか」

「ええ」

「よかったら、話してくれませんか。古池さんが元気がないのを、皆さんも心配しているみたいなので」

私は穏やかに言った。

「ごめんなさい」

「いえ」

彼女は口をつぐんでいる。他人に言えない事情なのだろうと思った。もし、このまま裁判員を続けていくことが出来ないのであれば、補充裁判員に代わってもらってもいいのではないか。

そう言おうとする前に、彼女が口を開いた。

「きのうから、私の担当している患者さんの容体が悪くなったんです。私がいたって、どうにかなるものではないのですが……」

「では、これから病院へ」

「いえ」

口ごもってから、

「患者さん。きょうの昼前に亡くなったそうです」

と言い、彼女は嗚咽《おえつ》をもらした。

「そうだったのですか。おつらいですね」

「まだ、若い女性でした。うつ病で、自殺を図り、病院に運ばれて来たんです。怪我も治り、立ち直ってくれたと思ったんですが、病院の非常階段から飛び下りたんです」

自殺ということが、私にはショックだった。

「気の毒な……」

「ええ」

「こんな状態で、難しい裁判の審理を任されるのも厳しいですね」

私は同情して言う。

「ええ。でも」

古池美保はさっと顔を上げた。

「被告人のほうがもっとつらい立場にいるでしょうから」

「そうですね」

被告人は無実を訴えている。だが、我々裁判員の評議の結果如何《いかん》によってはたいへんな判決になる。

生か死か。そういう立場に追い込まれた被告人のことを考えると、離婚問題に悩んでいることはちっぽけなことのように思えた。

第二章　評　議

1

三日目。

裁判官に続いて、裁判員も法廷に入った。

きょうも古池美保は元気がなかった。まだ、ショックを引きずっているようだ。うつ病から自殺を図って助かった若い女性が、病室を抜け出して非常階段の踊り場から飛び下りたのだ。

せっかく助かった命を、なぜ、粗末にするのか。うつ病とか言っていたが、なにかつらいことが身に起こったのだろうか。

古池美保は、死んだ女性に親身になって看護をしていたらしい。そういう悲しみと闘いながら、裁判員としての職責を果たさねばならない。

しかも、裁くのは有罪であれば死刑になるかもしれないという難しい事件だ。他に悩みを抱えながら、冷静な気持ちで審理に参加が出来るのか。

それは私にも言えることだ。今、美緒子から離婚届にサインをするように迫られている。彼女は、昔の恋人沖田と縒《よ》りを戻したのだ。

石渡千佳は、美緒子はまだ私のことを愛しているのだと言う。私が彼女を説得すれば、彼女を取り返せると言う。

しかし、彼女は沖田の母親の看病をしている。そこまでしているのは沖田に心底気持ちがいっているからだ。

美緒子が沖田の母親の看病をしている姿が想像出来ない。私の母との同居を拒み、寂《さび》しく施設で死なせたくせに……。

私の気持ちの整理はつかない。だが、私もこんな状態で、難しい事件の審理に参加し、評議しなければならないのだ。

古池美保の言葉が蘇《よみがえ》る。無罪か有罪か。生か死か。その瀬戸際にいる被告人こそ、私たち以上に地獄のような苦しみの中にいるのだ。

「それでは証人をどうぞ」

裁判長の声に、私は我に返った。

廷吏《ていり》に連れられて、四十ぐらいの女性が証言台に向かった。

「名前は？」

裁判長が問いかける。

「伊丹《いたみ》いさ子《こ》です」

「住所は？」

「練馬区桜台七丁目……」

被害者の隣家の主婦だった。四十歳だというが、地味な服装のせいか、もう少し上に見えた。

証人が宣誓書を読み上げたあと、検察官の主尋問がはじまった。

「あなたは、被害者の並河留美子さん、富子さんが住んでいた家の隣に住んでいるのですね」

「そうです」

脇屋検事がわかりきったことを確認した。裁判員に、まず隣だということを印象づけようというのだろうか。

「並河さんとは親しく交際をしていましたか」

「特に親しいというわけではありませんが、お隣同士ですから、それなりのおつきあいはしていました」

脇屋検事はちらっと裁判員に向けた顔を戻してから、

「並河さんの家では犬を飼っていましたが、ご存じですか」

と、証人にきいた。

「はい。パピヨンを飼っていました」

私はパピヨンがどんな犬か知らない。すると、モニターに、耳の大きな毛のふさふさした犬の写真が映し出された。

「今、目の前に映っているのと同じ犬種ですね」

「そうです」

「あなたの家では犬を飼っていますか」

「はい。飼っています」

「種類は？」

「マルチーズです」

モニターにパピヨンと並んでマルチーズの写真が表示された。

「隣家に訪問者があった場合、あなたの家から気がつきますか」

「はい。ほとんど気がつきます」

「それは、どうしてですか。ドアの開閉の音が聞こえるのですか」

「いえ。並河さんの家のインターホンが鳴ると、並河さんが飼っている犬がものすごい勢いで吠えるのです。その鳴き声につられて、どういうわけか、うちの犬もいっしょになって吠えるのです」

「その鳴き声で、隣家に誰か来たと思うのですね」

「そうです」

「あなたの家から並河さんの家の門は見えるのですか」

「はい。私の家は玄関の横に台所があります。その窓から、並河さんの家の門を見ることが出来ます」

　間をとるように、脇屋検事は再び裁判員に目をやってから続けた。

「今年の三月二十六日の夜、事件のあった日ですが、犬は吠えましたか」

「はい。八時からのテレビのバラエティ番組がはじまるちょっと前に、お隣の犬が吠えました。うちの犬もいっしょになって吠えました」

「八時頃に誰かが並河さんの家を訪ねたのですね」

　脇屋検事は一段と声を高めてきいた。

「そうです」

「そのとき、あなたは窓の外を見ましたか」

「はい。たまたま台所に立っていたので、そこの窓から並河さんの家の門を見ました。そしたら、黒っぽい影が並河さんの家の玄関に向かったのが見えました」

「顔は見えましたか」

「いえ。見えません」

「男性か女性か、わかりましたか」

「男性でした」

「それから二度目に、犬が吠えたのは何時頃ですか」

「八時半をまわった頃です。ちょうど、テレビがコマーシャルになったときでした」

「そのとき、あなたは隣家を見ましたか」

「はい。見ました」

「どうして見たのですか」

「なんだか、犬が玄関を飛び出して鳴いているようなので、不思議に思って窓を開けて覗《のぞ》きました。そしたら、女のひとが立っていました」

「女のひとだとわかったのですね」

「はい。顔はわかりませんが、姿形から女のひとだと思いました。それに、しばらくして、女のひとの悲鳴が聞こえましたから」

その女というのが第一発見者の井村智美に違いない。

「もう一度、確認します。あなたが、その夜、犬の鳴き声を聞いたのは二度。最初は八時ちょっと前、二度目は八時半過ぎ。そして、八時半過ぎに、騒ぎがはじまったということですね」

「そうです」

最初にインターホンを鳴らしたのは被告人で、二度目に鳴らしたのは井村智美ということになる。

インターホンに被告人の指紋が付いていたので、被告人が鳴らしたものに間違いないが、被告人は八時半頃に被害者の家を訪問したと供述している。もし、被告人の言葉が正しければ、八時半ちょっと前にもインターホンが鳴り、犬が吠えなければならない。だが、その形跡はない。

「インターホンが鳴った場合、犬は必ず吠えるのですか。たまたま、ぐっすり寝入っていた場合、インターホンのチャイムに気づかないときもあるのではありませんか」

「はい。そういうときもあるかもしれませんが、それはインターホンの音があまり聞こえない部屋で犬が熟睡していた場合だと思います」

証人は犬を飼っている経験から話しているのだ。

「たとえば、並河さんの家に、勝手口から訪れるひとはいるでしょうか」

「いえ。いないと思います。勝手口から家に入るにしても、敷地内には門から入らなければなりませんから」

「しかし、塀を乗り越えて来たらいかがですか」

「いえ、無理だと思います。富子さんの旦那さんが生きているときでも、インターホンを鳴らして門から入って来ていましたから」

「旦那さんというのは、富子さんの世話をしていた男性のことですね」

「そうです」

「なぜ、旦那さんまでインターホンを鳴らさなければならないんですか」

「並河さんはセキュリティーシステムを付けています。家にいるときも、セキュリティーをセットしていますから、勝手に入れないと思います」

「すると、泥棒がこっそり侵入したということは考えられますか」

「考えられないと思います」

「終わります」

脇屋検事は満足げな表情で腰を下ろした。

続いて横田弁護士が反対尋問に立ち上がった。

「これまでに、訪問者があったのに、犬が吠えなかったというケースはありましたか」

横田弁護士も犬を問題にした。

「何度か、あったと思います」

「それはどうしてわかったのですか」

「夜、ゴミを出しに外に出たとき、並河さんの家に訪問者があって、インターホンを押したのです。でも、犬は吠えませんでした」

「なぜ、犬は吠えなかったのでしょうか」

「次の日、そのことを言うと、ちょうど犬を抱っこしていたときだと富子さんが言っていました」

「飼い主が抱っこをしていると、吠えないのですか」

「並河さんの家の犬はそうみたいです。私の家の犬もそういう傾向があります」

「抱っこしている以外には、吠えないケースがありますか」

「さっきも言いましたように、インターホンの音があまり聞こえない部屋で犬が熟睡していた場合です。それから、エサを夢中で食べているときなどはそうかもしれません」

「整理しますと、インターホンが鳴っても、犬は必ず吠えるというわけではなく、飼い主に抱かれていたときには吠えないこともあるのですね」

横田弁護士は念を押してきいた。

「ええ、抱っこしてあやしていれば吠えないかもしれません」

「あの夜、誰かがインターホンを鳴らしたが、たまたま留美子さんなり、富子さんが犬を抱いていたり、犬がエサを食べていたとしたら、吠えなかったことも考えられるのですね」

「よくわかりませんが、そうかもしれません。でも、あの時間はうちの犬はエサを食べていませんでした」

今の弁護士の質問は妙な気がした。被告人が訪問したとき、犬が吠えなかったのは、留美子か富子が犬を抱いていたからだと言いたいのか。しかし、被告人の主張は、自分が訪問したとき、すでにふたりは死んでいたということだ。

「もし、犬が吠えなければ、並河さんの家に訪問者があったかどうかは、あなたはわからないわけですね」

「ええ、わからなかったと思います」

横田弁護士は第三者がインターホンを鳴らしても、そのとき富子なり、留美子が犬を抱いていれば犬は吠えないということから、犬の鳴き声だけで来客の判断をするのは合理性がないと言いたいのだろうか。

だが、仮に横田弁護士の指摘のようなことがあったとしても、この被告人の場合には通用しない。

それより、横田弁護士の主張をそのまま推し進めれば、被告人が訪れたとき、犬は飼い主に抱っこされていたことになる。つまり、飼い主は生きていたことになり、ますます被告人に不利になる。

横田弁護士にとっては、犬の件はやっかいな問題かもしれない。

インターホンが鳴っても、いつも犬が吠えるわけではないということを裁判員に伝えて、つまり犬のことは重要ではないという印象を与えたかったのか。

ともかく、この証人に対しての尋問は弁護側も犬のことを中心に行なって終わった。

「どなたか質問はありますか」

裁判長がきく。

犬のことはあまり事件には関係ないと思ったのか、裁判員から質問は出なかった。

「証人はごくろうさまでした」

裁判長がねぎらい、二十分の休憩を告げた。

2

休憩後、審理が再開された。

傍聴席の横の扉から入って来たのは三十代後半の男性だ。俯《うつむ》き加減で、証言台に向かった。

長身の細面。色白で、顎《あご》の鬚《ひげ》剃《そ》り跡が不気味なほど青々としている。

人定尋問で、証人は新山三喜夫と名乗った。三十八歳。職業は会社員。住所は、大田区大森北八丁目三番、ユーカリマンションと答えた。

証人の宣誓が終わり、裁判長が検察官に声をかけて、証人尋問がはじまった。

「あなたは、被害者の並河留美子さんとはどのような関係でしたか」

またも裁判員を意識したように顔を向けてから、脇屋検事は尋問に入った。

「おととし、離婚するまで、夫婦でした」

証人はやや硬い口調で答える。

一瞬、美緒子のことを思い出し、私は胸が切なくなった。

私たちにも蜜月時代はあったのだ。結婚記念日やお互いの誕生日には銀座で食事をし、旅行にもよく行った。

アルバムには、その記録が残っている。

「離婚の原因は何だったのでしょうか」

証人は言いよどんだが、思い切って言った。

「会社が倒産し、私は失業しました。離婚の原因は無収入になったからです」

口惜しそうに言う。

「無収入になっても、いっしょに頑張ろうという気にはならなかったのですか」

「彼女は派手好きですから……」

証人は顔をしかめて答えた。

離婚の原因は何だったのか。自分自身に問いかけてみる。

私が事業に夢中になり、美緒子に目を向けなかったからだろうか。そんなときに、彼女は昔の恋人に再会した。

心にぽっかり空《あ》いた穴を、昔の恋人が埋めた。そういうことだったのか。

「結婚しているとき、母親の富子さんとはいっしょに暮らしていたのですか」

脇屋検事の声が耳に蘇った。

「いえ、ふたりだけです」

「どちらで暮らしていたのですか」

「吉祥寺《きちじょうじ》です」

「一戸建てですか、マンションですか」

「マンションです」

「今、あなたが住んでいるところは？」

「大田区の大森です」

「では、離婚後、マンションを引き払ったのですね」

「そうです。家賃の安いところに引っ越しました」

私はさっき人定尋問で答えた彼の住所を思い出した。大田区大森北八丁目と答えた。ふたりで生活した部屋で暮らすことに耐えられなかったのだろう。その気持ちはわかる。私は今のマンションにいると、部屋の中のちょっとしたものを見て、ふいに美緒子のことを思い出すことがあるのだ。

「練馬区桜台の家のことは知っていますか」

脇屋検事の声が聞こえた。

「はい。彼女の母親が住んでいました」

「富子さんですね。その家は、以前から富子さんが住んでいたのですか」

「ええ。富子さんが旦那さんに用意してもらったそうですから」

「旦那さんというのは？」

「富子さんは、そのひとの愛人でした。その旦那さんが亡くなったあとも、そのまま暮していました」

富子は誰かの世話を受けていた。富子が五十六歳だから、旦那というひとはかなりの年配かもしれない。

「留美子さんは、あなたと別れてから、母親の家に同居するようになったのですね」

「そうです」

「あなたは、今度の事件を知り、どう思いましたか」

「驚きました。信じられませんでした」

証人は大きな声で言った。

「信じられないというのは、何が信じられなかったのですか。留美子さん母娘《おやこ》が殺されたことが、ですか」

「それもそうですが、インターネットの出会い系サイトで男性と知り合うということがです。彼女はプライドの高い人間です。以前に、出会い系サイトで知り合った男に殺された女のニュースを見て、あんなところで知り合った男は、どんな人間かわからないのにと、言っていましたから」

「それなのに、出会い系サイトを使ったことが不思議なのですね」

「そうです」

「離婚して、寂しかったのではありませんか」

「いえ、そんなことはありません。別れたいと言って来たのは向こうですし、それに彼女なら男はすぐに寄って来るはずですから」

証人は憤然として言う。

「留美子さんが、出会い系サイトで知り合った男性と結婚するというようなことはあり得ないということですね」

「そうです」

「ところで、留美子さんはお金に関してはいかがですか。執着するほうですか」

「そうですね。金の切れ目が縁の切れ目という女でした」

証人は、冷笑を浮かべた。

「被告人とは出会い系サイトで知り合い、そして、お金までもらっています。このことは、どう思いますか」

「そうだとしたら、相当、お金に困っていたからかもしれません。でも、そんなにお金に困っていたとは思えません」

「留美子さんは、お金のためならなんでもするというタイプでしょうか」

「いえ。お金には執着しながらも、自分が気にいらないことは一切拒絶するという頑固さがありました。ひとの心は金では買えないというのが口癖でしたが、そのくせ、相手が無一文になると、手のひらを返したようになります」

またも、証人は蔑《さげす》むように言った。

「お金を積まれて、結婚してくれと迫られたら、留美子さんはどうするでしょうか。お金に目がくらむほうでしたか」

「問題は額だと思います」

「額とはどのくらいでしょうか」

「少なくとも数千万、いえ、一生贅沢《ぜいたく》をして暮らせるほどの財産がなければいっしょにはならないでしょう」

「たとえば、三百万円の金で、結婚を迫られたらどうでしょうか」

「三百万なんて、彼女にしたらお金のうちに入っていないかもしれません。相手に莫大な財産があるならともかく、撥《は》ねつけると思います」

証人は侮蔑《ぶべつ》したように口許を歪《ゆが》めた。

「そういう性格は結婚当初から感じられていたのですか」

「ええ。たぶん、母親の影響だと思います。彼女は母親の言うことはよく聞きましたから。離婚の件も、母親が口出しをしたのだと思います」

脇屋検事は、並河留美子の金に対する執着ぶりを証言させ、被告人に冷たく結婚を拒否した可能性を訴えたのだ。

「そういうとき、どういう言い方をするのでしょうか」

「とにかく、こっちのプライドを傷つけるような冷たい言い方をします。言われたほうは、かっとなります」

「あなたも、そうでしたか」

「はい。かっとなって、何度殴《なぐ》り掛かりそうになったかしれません」

「殴ったことはありますか」

「いいえ。ありません」

「終わります」

脇屋検事は着席した。

続いて、横田弁護士が反対尋問に立った。

「離婚は、あなたが望んでいたのですか。それとも、一方的に、留美子さんから持ち出されたのですか」

「向こうからです」

「あなたも、離婚を考えていたのですか」

「いえ。私は仕事を探すことで頭が一杯でしたから」

屈辱を思い出したように、証人は顔をしかめた。

「そんなときに、離婚話を持ち出され、あなたはどう思いましたか」

「ショックでした。でも、職が見つかる当てもなく、やむなく離婚に承知しました。それに、いくらこっちがいやだと言っても、向こうはさっさと母親の家に引っ越してしまいましたから」

「留美子さんは、母親とは仲がよかったのでしょうか」

「ええ。あの母娘はよく口喧嘩をしていましたが、それは逆に仲のいい証拠だったのかもしれません。母親の言うことは、よく聞いていました」

「母親のわがままも許してあげていたのですね」

「そうです。最初は突っぱねても、母親が甘えたように頼むと、聞き入れてしまいます」

「たとえば、どんなことですか」

「母親はときたま、私たちのマンションにやって来ました。いつも、小遣《こづか》いの無心です。でも、留美子は最初はお金がないと言っておきながら、最後にはいつも小遣いを渡していました。もちろん、私の稼いだ金からです」

証人は顔を歪めた。

「あなたは、留美子さんに対して、よい感情を持っていないということですね」

「そうですね」

「留美子さんは、被告人を自宅に招いています。これはどういうことだと思いますか」

「わかりません。ふつうだったら、そんな真似《まね》はしないと思います」

「家に呼ぶというのは、留美子さんは被告人にはそれほど悪い感情を持っていなかったということでしょうか」

「わかりません」

「留美子さんは、被告人に対して怒らせるようなことを言ったと思いますか」

「わかりません。ただ、彼女は、お金を持っている人間にはうまく甘えるはずなので、三百万を目の前にして怒らすような真似をしたとは思えません」

「終わります」

横田弁護士は、わざわざ自宅に呼んだ被告人を怒らすほどのことを留美子が言うはずはないと証言させて、尋問を終えた。

「どなたか、質問はありますか」

裁判長がきいた。

「よろしいでしょうか」

西羽黒吾一の声だ。

「はい。四番のお方、どうぞ」

裁判長が応じる。

「あなたは、さきほど、留美子さんは母親の富子さんの影響を大きく受けているようなことを仰《おつしや》っていましたが、富子さんも同じように金を欲しがるほうでしたか」

「そうです。母親のほうも、彼女に負けないぐらいに金遣いは荒かったようです」

「すると、三百万持った被告人が自宅にやって来たら、母娘で協力して、金を引き出させようとするということですか」

「ふつうなら、そうしたと思います。ただ、ふたりともすぐかっとなるほうですから、何か無理難題を言われたりすると、逆に相手を激しい言葉で罵《のの》ったりしたと思います」

「そのことに、何か想像はつきますか」

「いえ、まったくわかりません」

私は西羽黒と証人のやりとりを聞きながら考えた。

もし、罵ったのなら、何を言ったのだろうか。逆に、何を言われて、被告人は逆上したのか。

被告人がコンプレックスを抱いている火傷《やけど》痕のことか。

「以上です。ありがとうございました」

西羽黒吾一は質問を終えた。

「他にどなたか」

もし、被告人の主張するように、被告人が家を訪れたとき、すでに母娘が死んでいたとしたら、他に母娘を恨んでいる人間がいたことになる。

この男はどうなのか。刑事は、元夫にはアリバイがあると言っていたが、真剣に捜査をしただろうか。私はそのことに疑問を持っている。

「よろしいでしょうか」

金沢弥生が口を開いた。

「五番の方、どうぞ」

「はい。では、ひとつ、お聞かせください」

彼女は緊張した声で切り出した。

「あなたは、離婚した留美子さんに未練を持っていたのですか」

少し間を置いてから、

「いえ」

と、証人が小さく答えた。

心なしか、引きつったような表情に、未練を持っていたのだと察した。

「終わります」

「他にどなたか」

「よろしいでしょうか」

私は身を乗り出した。

「二番の方、どうぞ」

「留美子さんを恨んでいるようなひとはいましたか」

私は証人の顔を見据えながらきいた。

「わかりません」

「あなたは、離婚したあと、留美子さんと会ったことはありますか」

「一度、見かけたことはありますが、話したことはありません」

「見かけたとき、声はかけなかったのですか」

「向こうは男性といっしょでしたので、声をかけそびれました」

「どんな男性ですか」

「四十代半《なか》ばと思える男性です」

「どんな関係に見えましたか」

「腕に手を絡《から》めていましたから、今つきあっている男なのだと思いました」

証人の目が一瞬鋭くなった。

「留美子さんの恋人ですか」

「恋人かどうか知りませんが、ずいぶん親しそうでした」

証人は苦い顔で答えた。

「終わります。ありがとうございました」

私は質問を終えた。

被告人の訴えが正しいとしたら、留美子母娘を殺した犯人が他にいることになる。留美子の周囲にいる男は、この元夫と、恋人らしい男だ。

このふたりに疑わしいところはなかったのだろうか。

裁判員からの質問がもうこれ以上出ないのを確かめて、裁判長が言った。

「証人はもう結構です。ごくろうさまでした」

証人が証言台を離れるのを待って、

「それでは、これから二十分間の休憩をとります。十一時十五分から審理を再開します」

と、裁判長は休憩を宣した。

私たちは評議室に入った。

「今の証人尋問で、いろいろな質問が出ました。そこで、皆さんの考えを統一しておきたいのです。西羽黒さん、母娘の関係について質問していましたが、何か引っかかっているところがありますか」

裁判長がきいた。

「いえ。ただ、なんとなく、被害者の母娘が一卵性のような親子に感じたんです。共に、お金に関しては貪欲だったのではないかと」

西羽黒は答えてから、さらに続けた。

「被告人と被害者母娘の間で、どんなやりとりがあったのか。検察官は、被告人が結婚話を持ち出したのを留美子が拒絶したことが、犯行の引き金になったように言っていましたが、あの母娘の性格からして、うまく被告人をたらし込んで三百万円を手に入れようとしたのではないかと思ったのです」

「確かに、検察官の主張には説得力が欠けるようですね。金沢さんはいかがですか」

裁判長は二番目に質問をした金沢弥生に声をかけた。

「もし、被告人以外に犯人がいるとしたら、元夫だって疑わしいと思ったのです。口では未練はないと言っていましたが、表情からそうは感じ取れませんでした。あのひとは、まだ留美子さんを忘れていないと思いました」

「私も同じです」

どうせ、次に自分にきいてくるのだからということもあって、私は金沢弥生に応じるような形で発言した。

「被告人がほんとうのことを言っているという前提で考えたら、別に犯人がいることになります。留美子の周辺にいるのは元夫と新しい恋人らしき男です。元夫を疑おうと思えば疑えるし、恋人らしき男のことも気になります」

裁判長は頷《うなず》いたが、

「警察は、元夫のアリバイを調べたと言っていましたが、やはり、あなたも、最初から被告人を犯人と決めつけていたから、元夫のアリバイ捜査はおざなりになっていたと考えますか」

と、きいた。

「ええ、そう思います」

「しかし、アリバイ捜査がおざなりになっていたという証拠はない。ちゃんと調べたかもしれない。むしろ、その可能性のほうが高い」

稲村久雄が反論する。

「いずれにしろ、その点に関してははっきりしないと思います」

私は、そのことを強調した。

私の中では、被告人は無罪だという思いが強かった。いや、無罪に持っていきたい。傍聴席にいる母親と妹らしき女性の姿に同情したからか。

憔悴《しょうすい》した母親を見ていると、私は亡き母を思い出す。だが、そんなことで、被告人を無罪だと思ったわけではない。

「他の方のご意見は？」

裁判長がきく。

　裁判長や他の裁判官は、ほとんど自分の意見を言おうとしなかった。自分たちの意見に、裁判員が引きずられるのを慮（おもんぱか）ってのことだろうか。

　もっとも、まだ評決には入っていないのだ。しかし、素人（しろうと）の議論をどう聞いているのか。

「こうやって、議論を重ねていくうちに、だんだん皆さんの中で、問題点がはっきりしてくるのではないでしょうか」

裁判長はそう言ってから、

「広木さんはいかがですか」

と、広木淳に顔を向けた。

彼は、ちょっと皮肉そうな笑《え》みを浮かべ、

「元夫は、留美子にまだ未練を持っていると思いました。彼女に新しい恋人が出来たと知って、かなり嫉妬《しっと》心が芽生えていたんじゃないですか。新しい恋人だって、留美子が出会い系サイトを使っていると知ったら、いい気持ちはしないと思いますよ。そのことで、喧嘩になったのかもしれない」

と、勝手な憶測を口にした。

西羽黒がすぐに、

「留美子の新しい恋人も怪しいと言うのか」

と、少し咎《とが》めるようにきいた。

「いえ、そうじゃありませんけど」

広木は自信なさそうに言う。すると裁判長が注意した。

「皆さんに一言申しあげておきますが、法廷で見たこと、聞いたことがすべてです。法廷で明らかになったことについてのみ考えるべきであって、勝手に憶測を加えて判断することは避けていただきたいと思います」

広木淳がばつが悪そうに片頰《ほお》を歪ませた。

「勝手な憶測といいますが、我々は元夫や新しい恋人のアリバイ捜査はちゃんとなされているのかよくわからないのです。それでも、法廷では、ふたりにはアリバイがあるという警察官の証言を鵜《う》呑みにしなければいけないということですか」

稲村久雄が口をはさんだ。

「もし、疑問があれば検察官なり、弁護人がもっと突っ込んだはずです」

裁判長が言い返す。

「では、検察官と弁護人の言うことが絶対だという立場で、審理に臨むということなのですか。彼らに、間違いはないと言えるのですか」

会社時代もこうやって、稲村久雄は会議で相手を追い詰《つ》めていったのだろうと、私は思った。

だが、今の稲村久雄の言葉は、私の思いも代弁していた。

「はっきり言えば、そういうことになります。向こうはプロですから、その点については間違いないと信じてよいのではないでしょうか」

「しかし、裁判員裁判は素人の良識を反映させるということでしょう。だったら、素人の疑問を解消させることは出来ないのですか」

「裁判員の皆さんには、法廷で見たり聞いたりしたことをもとに、判断していただきたいのです」

裁判長はうんざりしたような表情で言い、

「その他に何かありますか。古池美保さんはいかがですか」

と、強引に話題を変えた。

「私も、被告人がかっとなって犯行に及んだということに納得がいきません。被害者がお金を欲しがっていたならなおさらです。その上で元夫や恋人の存在を考えると、もっと捜査がなされてもよかったように思います」

受け持ちの患者の死の衝撃がまだ癒《い》えないのだろう、古池美保は元気のない声で言う。

「もう一度、刑事を証人尋問で呼ぶことは出来ないのですか」

稲村久雄が言う。

陪席の若い裁判官がはじめて口を開いた。

「きのうの証人尋問で、いちおう被害者周辺の捜査をしたと答えております。再度の証人尋問をしても、同じ答えでしかないでしょう」

「だったら、被告人は無罪だな」

稲村久雄は決めつけるように言う。

「私も、そう思います」

金沢弥生が追従した。

「このままでは、被告人を犯人と決めつけることは出来ないと思います」

「皆さんの意識を同じレベルにするために話し合いをしましたが、まだ、ここではその判断をする段階ではありません。このあと、弁護側証人が出て参ります。どうぞ、あなた方の目で、真実を見極めてください」

「しかし、今度は弁護側の証人でしょう。被告人に有利なことしか言わないのではないですか」

西羽黒が口をはさむ。

「反対尋問もあります。それに、弁護側の証人だとしても、真実を発見する証言が出てくるかもしれません」

裁判長が言うと、陪席裁判官が耳打ちした。

「それでは、行きましょうか」

裁判長が少し厳しい顔で立ち上がった。

3

証言台には、六十年配の婦人が立った。傍聴席にいた婦人だ。木原仲子。やはり、被告人の母親である。六十歳ということだが、七十近くに思えた。

人定尋問にも、おどおどして答えている。偽証すると罰せられることなどを告げられている間も、どこか呆然《ぼうぜん》としているようだった。

最後に母親はたどたどしい声で証人の宣誓書を読み上げた。

「それでは、弁護人から尋問をどうぞ」

裁判長が声をかけ、横田弁護士がゆっくり立ち上がった。

「それでは質問をします」

横田弁護士はいたわるように声をかけてから、

「被告人は子どもの頃に、火傷を負い、額と左肩から背中半分にその痕が残ったということですね」

と、穏やかな口調で問いかけた。

「はい。可哀《かわい》そうなことをしました」

やや、涙声だった。

「その傷のことで、被告人の性格は変わりましたか」

「はい。もともとおとなしい子でしたが、強いコンプレックスを持っていたせいで、ひと前に出なくなりました」

母親はぼそぼそと話すので、聞き取りにくい。

「学校では、いじめなどにも遭《あ》ったのですか」

「はい。よく、学校から泣きながら帰って来ました」

「おとなになってからはどうですか」

「変わりません。ちょっとしたことにも怯《おび》え、すぐ興奮して、何も考えられなくなってしまいます」

母親はまたも泣き出しそうになった。

「ふつうのひと以上に、反応するのですね」

「はい」

「事件の翌日の夜に、被告人は千葉の実家に帰って来ました。そのときの様子はどうだったのですか」

「何の前触れもなく帰って来て、だまって自分の部屋に閉じこもってしまいました。呼びかけにも応じてくれません」

「実家には、まだ自分の部屋があるのですか」

「はい。将来、実家に帰って来てもいいように、部屋はそのままにしてあります」

「なるほど。で、そのときの様子を、どう思いましたか」

「何か、とんでもないことが起きたのだと思いました」

「とんでもないことというのは、どのようなことでしょうか」

「ひとに裏切られて、傷ついて帰って来たのではないかと……」

母親は沈んだ声を出した。

「以前にも、そういうことはあったのですか」

「はい。子どもの頃から、何か傷つくことがあると、部屋に閉じこもってしまいます」

「被告人が部屋から出て来たのはいつですか」

「帰った次の日だと思います」

「だと思うというのは？」

「次の日の朝、食事を持って部屋の前に行きましたが、中から返事がありませんでした。扉を開けたら、すっと開きました」

「部屋の中に、被告人はいなかったのですね」

「はい」

「どこに行ったのですか」

「裏庭にある納屋にいました」

「納屋ですって」

横田弁護士は裁判員がわかりづらいだろうと思ったのだろう。

「自分の部屋を出て、被告人は納屋に移った。つまり、今度は納屋に閉じこもったというのですね」

「そうです」

「いつ、納屋から出て来たのですか」

「夕方です」

「なぜ、出て来たのですか。あなたが説得したのですか」

「はい。私と娘とで説得しました」

「それで、ようやく出て来たのですね」

「そうです」

「そのとき、被告人は何か言いましたか」

「はい。こっちが問い詰めるようにしてきくと、やっと知り合いが殺されたと話しました。それで、詳しく話すように言いました」

そのときの衝撃を思い出したように、証人は身をすくめた。

「被告人はちゃんと話しましたか」

「はい。知り合いの家に行ったら、ふたりが死んでいた。怖くなって逃げた。自分が疑われるかもしれないと塞《ふさ》ぎ込んでいました」

「あなたはどうしましたか」

「驚いて、早く警察に行かなくてはいけないって言いました」

「被告人はなんて言いましたか」

「俺の言うことを信じてもらえるかわからないと心配していました。だから、警察に行かなければ、逃げたと思われてしまうと言い聞かせました」

「しかし、警察には行かなかったのですね」

「警察に連れて行くつもりで支度《したく》をしているところに、警察のひとがやって来たのです。あの子はほんとうに警察に行くつもりでいたんです」

「身の潔白を証明するために警察に出頭しようとした。だが、その前に、警察がやって来たというのですね」

「そうです」

被告人は任意同行を求められ、警察に行き、そこで逮捕されたのだ。

「あなたは、被告人がひとを殺したと思いますか」

横田弁護士はおだやかにきいた。

「とんでもありません。気の小さなやさしい子です。ひと殺しなんて、出来るはずはありません」

「被告人は、結婚する気はないとわかっていた、それでも、お金はあげるつもりだったと言っていますが、その言葉を聞いて、あなたはどう思いましたか」

「きっと、おつきあいをしているときはとても楽しかったのだと思います。そのお礼の意味もあって、お金を渡そうとしたのだと思います」

「結婚しないと言われ、かっとなったということは考えられないというのですね」

「そうです。結婚しないと言われたら、ただしゅんとなるだけです。そういう子です」

「終わります」

横田弁護士は主尋問を終えた。

脇屋検事が反対尋問に立った。

「被告人が千葉の家に帰って来たのは事件の翌日ということですが、それまで被告人はどこにいたと言っていましたか」

非情とも思えるような冷たい声で、脇屋検事はきいた。

「秋葉原のインターネット喫茶で夜を明かしたと言っていました」

「なぜ、自分のアパートに帰らなかったのでしょうか」

「アパートに帰ることが怖かったようです」

「なぜ、でしょうか」

「警察がすぐにでもやって来ると思ったのでしょう」

「では、実家に帰ったのはなぜだと思いますか」

「実家しか帰るところはないと考えたのではないでしょうか」

「被告人は非常に興奮していたそうですね。あなたは、とんでもないことが起きたと思ったのですね」

「はい。心に傷を受けて帰って来たのだと思いました」

「納屋から出て来たあと、知り合いが殺され、自分が疑われると被告人は話したようですが、その内容で、あなたは納得しましたか」

「はい」

「あなたが考えた、とんでもないこととはもっと大変なことだとは思いませんでしたか」

「いえ」

「知り合いが殺され、自分が疑われるかもしれない。その程度のことで、一日部屋に閉じこもりきりになり、さらには納屋に移ったというのは少し大仰だとは思いませんか」

「いえ。あの子は気の小さな子です。それだけでも、パニック状態になってしまったのだと思います」

「被告人は部屋から納屋に移ったということですね」

「はい」

「被告人が納屋に移ったことを、どうしてあなたは知ったのですか」

「部屋にいなかったからです」

「部屋にいないと、どうして納屋だと思ったのですか。実家から出て行ったとは思わなかったのですか」

返事まで間があった。

「どうなのですか」

脇屋検事が答えを促《うなが》す。

「子どもの頃から、何かあると納屋に閉じこもっていましたから」

「それで、納屋にいるかもしれないと思ったのですか」

「はい」

「子どもの頃、どのようなことがあって、納屋に閉じこもったのでしょうか」

「いじめられて帰って来たときなどです……」

証人の声は小さくなった。話すのが辛《つら》いのだと思った。

「そのとき、納屋で何をしていたのですか」

「じっとしていたと思います」

聞き取りにくい。

「納屋で、じっとしていたのですか」

「はい」

「今回は納屋で何をしていたのですか」

「じっとしていました」

「ほんとうにそうですか」

「えっ？」

証人は、なぜか狼狽《ろうばい》しているように思えた。

「そこで、被告人は何かをしようとしていたのではないですか」

「わかりません」

証人は苦しそうに答えた。

この証人は嘘《うそ》をついている。何かを見たのだ。被告人は何かをしようとしていたのではないか。

「正直に仰《おっしゃ》っていただけますか」

「異議あり」

弁護人が異議を申し立てた。

「検察官は証人に答えを強要しております。正直に、というのは証人に圧力を加えるものです」

「異議を認めます。検察官は質問の仕方を変えてください」

「わかりました。それでは、改めてお訊《たず》ねします。納屋には、何がありますか」

「もう使っていませんが、鍬《くわ》や鋤《すき》、臼《うす》などが仕舞ってあります」

「ロープはありますか」

「はい」

証人は消え入りそうな声で答えた。

「納屋で見つけたとき、被告人は落ち着いていましたか」

「はい」

証人の声が小さくなっている。

納屋にいたということを改めて考えた。脇屋検事が考えていることに見当がつく。被告人は首をつろうとしていたのではないか。そう思っているのだ。

疑われるから死ぬというのは説得力に欠ける。ひとを殺した良心の呵責《かしやく》から自殺しようとした。そう考えたほうが自然かもしれない。

「それから、どうしましたか」

脇屋検事は先を促した。

「部屋に連れて行き、理由をききました」

「そこで、はじめて被告人は、知り合いが殺され自分が疑われていると話したのですね。

被告人は自ら進んで話したのではなく、あなたが問い詰めたから話したのですね」

「そうです」

「あなたは、その話をすぐ信じることが出来ましたか」

「はい」

「では、もし、被告人がほんとうにひと殺しをしていたら、被告人はどんな行動をとったと思いますか」

「わかりません」

「仮に、被告人がひとを殺したと打ち明けた場合でも、あなたは被告人の行動に納得しましたか」

「異議あり」

横田弁護士が異議を申し立てた。

だが、すかさず脇屋検事は言った。

「終わります」

横田弁護士は拍子抜けしたように、浮かした腰を戻した。

私は、証人の姿を正視出来なかった。自分の母親と重なる。

私の母は認知症になり、最後は肺炎に罹《かか》って死んだ。父親が死んだあと、ひとりになった母を引き取り、いっしょに暮らしたかった。だが、美緒子が同居を拒絶したのだ。

その美緒子は、昔の恋人のもとに走り、あまつさえ、相手の母親の看病までしているのだ。私は思わず頭に痛みが走った。

「どなたか、質問はありますか」

裁判長の声に、私は我に返った。

「よろしいですか」

西羽黒吾一と古池美保が同時にきいた。

「四番の方、どうぞ」

裁判長は、まず西羽黒吾一を指名した。

「ひとつだけ質問いたします。被告人は、おとなになってから今までに、突然実家に帰って来て、同じように部屋の中に引きこもったことはありましたか」

「いいえ、はじめてです」

「ありがとうございました」

「では、六番の方」

裁判長は古池美保に声をかけた。

「私からも質問をさせていただきます。被告人は納屋にいたということですが、子どもの頃から、何かあると納屋に入ったりしたのですね」

「はい。納屋は息子の逃げ込む場所でした」

「納屋が逃げ場だとしたら、どうして実家に帰って来てからいったん自分の部屋に入ったのでしょうか。そのまま納屋に行けばよかったと思うのですが。そのことを、どう考えますか」

「まだ考えがまとまらなかったのでしょう」

「何の考えですか」

「わかりません」

証人が苦しそうに顔を歪めた。

「ありがとうございました」

古池美保は証人に声をかけた。

「他に、どなたか質問はありますか」

裁判長がきく。

私は、さっきの考えを確かめたいと思った。つまり、納屋で、自殺を図ろうとしたのではないかということを。

しかし、そんなことをきいていいものか。どういうきき方をしたらいいのかわからない。私は諦《あきら》めることにした。

それに、証人に訊ねても正直に答えるかどうかわからない。

「証人はごくろうさまでした」

裁判長はいたわるように言った。

「午前の審理はこれで終了し、午後一時十五分より再開いたします」

裁判長が休憩を告げた。

法廷を出ても、傍聴席の被告人の妹らしき若い女性が、沈んだ顔で母親の証人尋問を聞いていた姿が脳裏《のうり》に焼きついていた。

評議室に集まってから、裁判長が皆の顔を見回し、

「きょうの三人の証人の話を聞いて、いかがでしたか。何か、わからないことがありましたか」

私は即きいた。

「被告人の母親は、被告人が納屋で何をしていたのかわからないと言っていましたが、被告人は何のために納屋に入ったのでしょうか」

「首を括《くく》ろうとしたんじゃないのか」

西羽黒吾一が不謹慎とも思える言い方をした。

「そうだ。検察官はそういう前提で質問をしていた」

稲村久雄が応じる。

「あの証人に、そのことをじかにきいてもよかったのでしょうか」

私は裁判長に確かめた。

「難しいところですね」

裁判長が迷ったように言う。

「でも、閉じこもっていた部屋から納屋に移ったのは、何かあるとみて間違いないですよね。その理由を、あの母親は知っているはずです」

私はこだわった。

「しかし、確かにそうだという証拠はありません。いくらきいたところで、あの母親は同じ答えしかしないでしょう」

裁判長は歯切れが悪い。

「でも、もし、自殺をしようとしていたのなら、心証は大きく変わりますよね」

西羽黒が言う。彼は、被告人が自殺を図ろうとしたのを、母親が発見して止めたと解釈しているようだった。

「検察官もあえて、そこまで踏み込まなかったのは、被告人に対する本人質問で問いただすつもりなのでしょう」

裁判長はあっさりと言う。

「それでは、お昼にしましょう。午後からは被告人質問もあります。引き続き、よろしくお願いいたします」

裁判長が席を立った。

私は廊下に出てから携帯を取り出した。千佳から電話が入っていた。

裁判所の庭に出て、携帯の留守電のメッセージを聞いた。

「電話をください」

彼女の声が聞こえた。

なぜ、こんなところまで電話を、と私は困惑した。裁判が終わるまで放っておこうと思ったが、気になり、私は彼女に電話をかけた。

すぐに、彼女が出た。

「ごめんなさい」

「何かあったんですか」

「沖田さんの母親の体調が悪いそうです」

「何を言っているんですか。そんなこと、私には関係ないでしょう。それに、私は今、裁判所にいるんです」

つい、かっとなった。私は少しいらついていたのかもしれない。

「裁判、いつ終わるのですか」

「明日です」

「じゃあ、明日の夜に、お電話を差し上げます」

「待ってください。例のものの催促ですか」

離婚届に判を押してくれということかと、私は訊ねた。

「そうなんです。なるたけ早く書いてくれと。私が預かって、すぐに届けることになっているんです」

「なぜ、そんなに急ぐんですか」

「沖田さんの母親が病気だからのようです」

「そんなこと……」

私には関係ない。

「すみません。今は、よけいなことに煩《わずら》わされたくないんです。裁判が終わるまで、何も考えられません。失礼します」

千佳は何か言いかけていたが、私は強引に電話を切った。

門の横で、稲村久雄が携帯を使っている姿が見えた。

私は食堂で昼飯にカレーライスを頼んだが、半分以上残した。

評議室に戻った。すでに、他の裁判員たちは戻っていて、思い思いに過ごしている。

稲村久雄は文庫本を読み、西羽黒吾一は新聞を広げ、広木淳は窓辺に立って、外を眺めている。

古池美保と金沢弥生は額《ひたい》を寄せ合い、話し込んでいた。

私が椅子《いす》を引いて腰を下ろすと、西羽黒が声をかけてきた。

「あんた、どう思うね」

「何がですか」

「さっきのことだよ。被告人が納屋で何をしていたかということだ」

「そうですね」

私は慎重に言葉を選びながら、

「被告人が納屋で自殺を図ったのだとしたら、審理にどう影響するんでしょうね」

と、逆にきいた。

「ひとを殺していない人間が自殺などするはずはあるまい。もし、自殺しようとしたのなら、それは罪を認めたのと同じではないのか」

西羽黒は大胆に言う。

「でも、あの被告人の性格からして、自分が疑われると思って、その絶望感から自殺に走ることもあり得るんじゃないかしら」

金沢弥生と話していた古池美保が顔を向けて、口をはさんだ。

「そんなやわな男がいるか」

西羽黒が反論する。

「でも、被告人のコンプレックスの塊《かたまり》のような性格からすると、常に物事を悲観的にとらえる傾向があるんじゃないですか」

美保も言い返す。

「そうです。被告人にしてみれば、好きな女性が死んだんです。さらに、殺した疑いが自分にかかるとしたら、将来を悲観して、絶望感から死を選ぶということも考えられなくはありません」

金沢弥生が美保を援護するように言う。

「不毛な議論だな」

稲村久雄が文庫本から顔を上げて口をはさんだ。

「午後からの被告人質問での結果を待ってから、考えるべきだ。それに、自殺しようとしたのか、そうではなかったのか。いずれにしろ、そのことで有罪か無罪かを判断することは出来ないのではないか」

確かに、稲村の言うとおりだ。私は、古池美保の患者の話を聞いていたので、自殺という言葉に敏感になっていたのかもしれない。

自殺を図ったとしても、それが即ひとを殺したからだとは言えない。古池美保と金沢弥生が言うように、被告人の性格によるかもしれない。

若い裁判官が呼びに来た。

「行きましょうか」

私たちはすっくと立ち上がった。

4

午後から、留美子の新しい恋人が証言台に立った。富山一樹《とみやまかずき》という四十五歳のイベント会社社長だった。

険しい顔つきで、人定尋問に答えた。

証人の宣誓書の朗読が終わり、横田弁護士が尋問をはじめた。

「あなたは、被害者の並河留美子さんをご存じですね」

「はい」

「どのようなご関係ですか」

「親しくしていました」

「恋人同士でしょうか」

「そうです」

「いつから？」

「親しくなったのは彼女が離婚したあとですが、それ以前から知り合いでした」

「どちらで知り合ったのです」

「共通の友人の紹介です」

「あなたは、留美子さんと結婚するつもりでしたか」

「はい」

「留美子さんのほうはどうだったのでしょうか」

「同じ気持ちです。そのようなことを話し合ったことがありますから」

証人は長身で渋い感じの男だ。だが、留美子の華やかさから比べると、地味な印象を受ける。

「留美子さんはインターネットの出会い系サイトで被告人と知り合ったのですが、あなたはそのことをどう思いましたか」

「信じられません。嘘だと思いました」

「留美子さんは、お金が欲しかったということはありますか」

「そんなことはないはずです」

「あなたは、留美子さんからまとまったお金をもらったことはありますか」

「いえ、ありません」

「あなたの会社は順調なのですか」

「まあ、ぼちぼちです」

証人の表情が曇《くも》った。あまり、経営がうまくいっていないのかもしれない。

留美子が出会い系サイトを使ったのも、商売が不振の富山一樹に積極的な気持ちになれなかったからなのか。

「あなたの会社の経営状態は、留美子さんを満足させるに十分だったのでしょうか」

やはり、横田弁護士もそのことをきいた。

「わかりません」

証人の声は小さかった。

「留美子さんが出会い系サイトに走ったのは、あなたの会社の経営状態を知ったからだとは思いませんか」

「異議あり」

脇屋検事が異議を申し立てたが、

「終わります」

と、横田弁護士は尋問を終えた。

富山一樹の会社の経営は順調ではなかったのかもしれない。だとしたら、留美子は少しでも援助しようとしたか。あるいは、この富山一樹に対しても幻滅を覚えたか。

続いて、脇屋検事が反対尋問に立った。

「この不況の波を、あなたの会社は受けていますか？　影響はありませんか」

「受けています。でも、危ない状態ではありません」

「留美子さんは、あなたの会社に不安を覚え、資金の援助をしたいという気持ちはなかったのでしょうか」

　脇屋検事は私が思ったことをきいた。

「わかりません」

「あなたとの結婚を望んでいたから、あなたのために尽くそうとした。そうは思いませんか」

「いえ」

「留美子さんが、なぜ、金が必要だったのか。あなたはわかりますか」

「いえ、わかりません」

「被告人に対してどう思いますか」

「彼女は私の大事なひとでした。彼女を失って、心に大きな穴が空いたようです。彼女を返して欲しい。憎くて憎くてたまりません。それだけです」

　富山一樹の証人尋問が終わり、休憩なしで、もうひとりの弁護側証人が登場した。被告人が勤めるコンピューター関係の会社の直属上司だったが、さして、審理に影響を与えるような証言はなかった。

　ただ、被告人はおとなしく、ひとを殺せるような人間ではないことを、弁護人が証人に語らせただけだった。

　検察官の反対尋問も、おざなりなもので終わった。

そして、二十分の休憩後、いよいよ被告人の本人質問に入った。

被告人の木原一太郎が証言台についた。やつれているのがわかる。

無表情だ。逮捕されてから数カ月。相当に憔悴していることが察せられる。表情がないことが、かえってそれを物語っている。心労の大きさは深刻なのではないかと思わせるほど、顔に生気はなかった。

「それでは、検察官からどうぞ」

裁判長の声に、脇屋検事が立ち上がった。

「あなたは、留美子さんとメールで何度もやりとりをしていましたね」

脇屋検事が鋭くきいた。

「はい」

「実際に会ったのは何度ですか」

「三度です。四度目は母親の富子さんが来ましたから」

被告人の返答は思った以上にしっかりとしていた。

「いずれのときも、留美子さんにお金を渡しているのですね」

「はい」

「最初は、いくら渡したのですか」

「五十万円です」

「次にも、お金を要求されたのですか」

「はい」

「いくらですか」

「百五十万です」

「さらに、お金が欲しいと言われたのですね」

「はい。三百万を欲しいと言われました」

「なぜ、あなたは言われるままに、お金を出したのですか」

「留美子さんは、やさしくて素敵な女性でしたから」

「結婚出来ると思っていましたか」

「いいえ。留美子さんにはつきあっている男がいるとわかりましたから」

「それでも、三百万をあげようとしたのですか」

「はい」

「それは、なぜですか」

「留美子さんとのつきあいが途絶えないようにしたいと思ったからです」

「もし、留美子さんがつきあわないと言ったら、あなたは金を渡しましたか」

「渡したと思います」

「渡した？」

意外そうに言って、脇屋検事は続けた。

「なぜ、ですか。結婚の望みもない相手に三百万を渡してもいいと思っていたのですか」

「今までメールのやりとりをし、それに実際に会って、とても楽しかった。あんな楽しいことははじめてでした。だから、これからもメールをしたり、ときどきは会って欲しかったからです」

「自宅を教えて欲しいと言ったのは、あなたからですか」

「いえ、母親の富子さんが教えてくれました」

「富子さんが、あなたを自宅に呼び寄せたのですか」

「そうです」

「あなたのほうから、三百万円は家で渡すと言ったのではないのですか」

「違います」

脇屋検事が間合いをとってから口を開いた。

「あなたは、事件の夜、並河さんの家を訪ねましたね」

「はい」

「何時に行きましたか」

「八時半頃です」

「八時ではないんですか」

被告人はあくまでも訪問時間を八時半頃と主張する。

「インターホンを押したのですね」

「押しました」

「すぐ応答はありましたか」

「なかったです」

「それで、どうしましたか」

「玄関まで行きました」

「インターホンの応答がないのに、門を開けて、玄関まで行ったのですね」

「そうです」

「それから、どうしましたか」

脇屋検事が矢継ぎ早にきく。

「ドアノブをまわしたら、ドアが開きました。だから、玄関に首をつっこんで、並河さんと呼びました。でも、誰も出て来ませんでした」

「それから、どうしましたか」

「玄関の横にある部屋のドアが開いていて、明かりが漏《も》れていました。それで、廊下に上がって、その部屋を覗いたのです。そしたら、誰かが床に倒れていました。留美子さんだと気づき、あわてて抱き起こしたのです。でも、胸や背中から血が流れていて、死んでいることがわかりました。おそろしくなって、奥の台所に行ったら、母親の富子さんが倒れていたのです」

「死体を見つけたとき、警察に知らせようとしなかったのですか」

「知らせようと思いました。でも、自分が疑われると思って、急いで逃げ出してしまいました」

「あなたは、三百万円を持って行ったのですか」

「はい」

「そして、逃げるとき、それは持って帰ったのですね」

「デイパックに入れていました。デイパックは背負ったままでしたから」

「あなたは、警察に捕まった当初は今のようなことを供述していましたが、二週間後に、供述を変えています。つまり、自分がふたりを殺したと自白しています。ところが、またも犯行を否認した。どうして、供述が変わったのですか」

「毎日、朝から夜までの取調べで、おまえがやったのではないかと責められ、だんだん相手の期待する答えを言わなければ許してもらえないと思い、頭もぼうっとしてきて、もうどうにでもなれと思って、相手の言うとおりに話を合わせたのです」

　被告人ははっきりと答える。目は虚《うつ》ろだが、喋り方には力があった。

「あなたは、自白したあと、犯行の模様を詳しく語っているのです。まず、留美子さんと話し合っていたが、彼女が急に冷たい態度をとり、薄気味悪いなどと罵倒《ばとう》された。それで、かっとなって、台所まで包丁をとりに行き、まず、驚いて台所にやって来た母親の富子さんを刺し、次に留美子さんを追って行って刺したと、詳しく述べています。やってもいないのに、どうしてこんなに詳しく話すことが出来たのですか」

「それは、刑事さんが何か言っているのを、何もわからないまま、頷いて聞いていたら、そのようなことになってしまったんです」

「あなたは、留美子さんに結婚してくれないのなら、今まで渡した金も返せと迫った。ところが留美子さんから人間の器が小さい、つまらない男だと言われたと供述しています。これについてはどうなのですか」

「刑事さんのほうから、こうではないかと言ってきたのです」

「つまり、あなたは、取調官に誘導されて自白をしたというのですか」

「誘導とかわかりませんが、ただ頭がぼうっとして、何をきかれ、どう答えたのかも覚えていません」

「なぜ、覚えていないのですか」

「よくわかりません」

「調書は最後に読み聞かせがあり、あなたは確認をして押印しているわけですよね。あなたは納得したから判を押したのではありませんか」

「頭がぼうっとしていて、何が何だかわからないまま、押してしまいました」

被告人は淡々とした感じで答える。

「取調室で、いろいろきかれているのは、ふつうの日常ではありませんね。そういう状況にあったから、頭がぼうっとしたのでしょうか」

「そうかもしれません」

「しかし、ふたりの死体を発見したのも、たいへんな状況ですよね。ましてや、あなたは自分が疑われると思って逃げたのです。それなのに、あなたは留美子さんを抱き起こし、死んでいると思い、次に富子さんの様子を見に行ったなどと詳しく供述しています。よく覚えておりますね」

「それは覚えています」

脇屋検事は被告人の顔を見つめ、

「被害者の家から、あなたはどこに逃げたのですか」

と、きいた。

「秋葉原のインターネット喫茶でその夜を過ごし、翌日の夜に千葉の実家に帰りました」

「そんなことをすれば、よけいに疑いがかかるとは思わなかったのですか」

「ただ、怖くなって逃げ帰ったのです」

「自分の部屋に閉じこもり、それから次の日の朝に納屋に行きましたね」

「はい」

「納屋で、何をしようとしたのですか」

「わかりません。なんとなく」

「子どもの頃、同じように納屋に入ったことはありますか」

「覚えていません」

「どうして、自分の部屋から納屋に移ったのでしょうか」

「わかりません」

「部屋に閉じこもっていて、何を考えていたのですか」

「留美子さんが死んだことや、この先、どうなるのだろうとか、考えていました」

「いつか、警察がやって来るとは思わなかったのですか」

「思いました。いつか、自分を捕まえに来る。そのことを考えて怖くなりました」

「怖くなったというのは、自分が無実なのに疑われるからですか。それとも、自分が犯人だからですか」

「無実なのに疑われるからです」

「無実なら、事情を話せばわかってもらえるとは思わなかったのですか」

「いえ。私みたいな者の言うことは誰も信じてくれませんから」

「どうして、そう決めつけるのですか」

「中学と高校で、自分がやっていないことも自分の責任にされたことがあります。一度は体育の授業で、皆が校庭に出たあと、教室からある生徒の財布がなくなっていたんです。そのとき、たまたま私が忘れ物をとりに教室に戻ったのを他のクラスの生徒が見ていたんです。それで、私に疑いがかかりました。先生でさえ、私の言うことを聞いてくれませんでしたから」

「だから、今度も聞き入れてもらえないと思ったのですか」

「はい」

「しかし、今回は殺人事件ですよ。疑われるという心配の前に、通報するのが義務なのではありませんか」

「はい」

　被告人はうなだれた。

「あなたは、自分の部屋に閉じこもっているとき、いずれ警察がやって来ると思ったということでしたね」

「はい」

「警察がやって来る前に、逃げようとは思わなかったのですか」

「いえ」

「では、素直に捕まろうと思ったのですか」

「………」

被告人は言いよどんでいる。

「あなたは、警察が来る、そう思い、納屋に駆け込み、自殺をしようとしたのではありませんか」

脇屋検事ははっきり自殺という言葉を使った。

「わかりません」

被告人は顔を歪めて答えた。

「終わります」

脇屋検事は大きく深呼吸をした。

「では、弁護人。どうぞ」

裁判長が横田弁護士に顔を向けた。

「それでは、なるたけ簡単に質問をします。あなたは、富子さんから自宅に来るように言われたあと、留美子さんとはメールでやりとりしましたか」

「はい」

「なんと書かれていたのですか」

「家に来ることを楽しみにしていると書いてくれました」

「あなたは、それを留美子さんが心から歓迎してくれているのだと思いましたか」

「いえ、三百万が必要だからかもしれないと、そんな気持ちもありました」

「あなたは、それでよかったのですか」

「はい。私は留美子さんが話し相手になってくれるだけで仕合わせでしたから」

「留美子さんも富子さんも、あなたが自宅に来ることを歓迎していたということですね。内心は三百万円欲しさであったとしても」

「はい」

被告人は小さく頷いた。

「あなたは、三百万円を持って行ったのですね」

「デイパックに入れて、持って行きました」

「あなたは、家の中に入ったときも、ずっとデイパックを背負ったままだったのですね」

「そうです」

「だから、三百万には血液が付いていなかったのですね」

「はい。一度も出していませんから」

デイパックは千葉の実家で押収され、その中に三百万円が入っていた。そして、その三百万円には血液は付着していなかったことはわかっている。

「被害者の家から外に飛び出したとき、女性に出会いましたね」

「はい。びっくりしました」

「あなたは、女性に何かを訴えていたようですが何と言っていたのですか」

「並河さんが死んでいる、私じゃない、と訴えました」

「相手の女性の反応は?」

「ただ、怯えているようで、私の言うことを聞いてくれませんでした。そのうち、悲鳴を上げそうに思えたので、急いで逃げてしまいました」

「今、あなたは今回のことを振り返って、どう思っていますか」

「勇気を持って、死体を発見したときに、警察に通報すればよかったと思います。でも、それでも私が疑われたかもしれません」

「終わります」

横田弁護士は着席した。

「よろしいですか」

脇屋検事が裁判長に声をかけて立ち上がった。

「あなたは、三百万を出さなかったというのはテーブルの上に出さなかっただけで、デイパックから三百万を抜き出し、被害者に見せて、再びデイパックに仕舞ったのではありませんか」

「いいえ、一度も出しませんでした」

「以上です」

脇屋検事が簡単に再質問を終えた。

「弁護人はいかがですか」

「いえ、ありません」

横田弁護士はあっさり言った。

「どなたか、質問がありますか」

裁判長が言うと、すぐに西羽黒吾一が手を上げた。

「どうぞ、四番の方」

「はい。では、私から質問をさせていただきます。あなたが実家に帰ったのは、実家なら安全だと思ったからですか」

「いえ、違います」

「逃げるつもりではなかったのですね」

「そうです」

「では、なぜ実家に？」

「わかりません。無意識のうちに足が向いていたのです」

「なぜ、納屋に入ったのですか」

「わかりません」

やはり、死ぬつもりだったのではないかと思った。しかし、ひとを殺していないのに死ぬのは理解出来ない。死んだなら、かえって罪を認めたようになるだろう。

「ありがとうございました」

西羽黒が質問を終えた。

「他に、どなたかありますか」

裁判長がきく。もう質問は出ないようだった。

「では、私から質問させていただきます」

裁判長が被告人に目をやった。

「あなたが、被害者の家のインターホンを押したとき、犬は吠えなかったのですね」

「はい。気づきませんでした」

「家の中に入ったときも、犬を見ませんでしたか」

「見ませんでした」

「もうひとつお訊ねします。あなたは、デイパックを背負って、被害者宅に行ったことに間違いはないのですか」

「はい、背負っていました」

「そのデイパックはどうしましたか」

「そのまま、千葉の実家に持って行きました」

「わかりました。以上です」

被告人の本人質問が終わった。

5

三十分間の休憩の後、審理は再開された。

「それでは、検察官。論告を」

裁判長に促されて、脇屋検事が立ち上がった。

裁判員にも一礼をし、脇屋検事は手に論告書を持って口を開いた。

「それでは、論告を述べさせていただきます」

脇屋検事は少し気負ったような声を発した。

「まず、争点であります。被告人が並河留美子、富子のふたりを殺したという公訴事実に対して、被告人は犯行の事実を否認し、被害者宅を訪問したら、ふたりはすでに殺されていたと弁解し、無実を主張しております。この点について、考えていきたいと思います」

脇屋検事はそこで言葉を切り、裁判員のほうに目をやってから続けた。

「被害者はふたりとも、同一の文化包丁により、それぞれ心臓部や腹部、背中に深さ六センチに達する損傷を受けておりました。心臓部を狙《ねら》っていることより、深い殺意が窺《うかが》えます。この凶器の文化包丁は被害者宅の台所の流しにあったものであります。

留美子の傷口付近から富子の血液が検出されており、まず、富子を台所にて殺害後、玄関脇の部屋で、留美子を殺害したのであります。

当夜、被告人は八時頃に、被害者宅のインターホンを鳴らしています。このとき、被害者が飼っているオスのパピヨン四歳が音に反応して吠え、つられて隣家のマルチーズも吠えたので、隣家の主婦は窓から被害者宅を見ました。そのとき、男が門から玄関に向かうのを見ていました。これが、被告人でした。

次に、再び、八時半過ぎに隣家の主婦が犬の鳴き声を聞いて隣家を見たとき、女性が門の前に立っていたのです。この女性は第一発見者であり、この直前に被告人と門の前でばったり顔を合わせ、そして、その直後、被害者宅での死体を見つけるのです。

つまり、八時頃に被告人がインターホンを鳴らし、八時半過ぎに目撃者の女性が鳴らすまでの間、被害者宅には他に訪問者はなかったのです。これによっても、被告人が八時頃にやって来て、八時半に被害者宅を飛び出して行ったことは明白であります。

もし、被告人が言うように、八時半頃に訪問したのなら、隣家に犬の鳴き声が聞こえなければなりません。このことをみても、被告人の弁解には説得力がないと言わざるを得ません。

次に、被告人が台所まで凶器の包丁をとりに行った件ですが、玄関から廊下の突き当たりにある台所は見通すことが出来ます。そこに、包丁があるのは誰でも想像が出来ることです。

留美子と話し合いの最中に逆上した被告人は、部屋を飛び出し、台所に行ってたまたま流しに出ていた包丁を手にしたのです。

台所にやってきた母親の富子をその場で殺害し、さらに留美子を玄関脇の部屋まで追いかけて殺害したのです。

なぜ、被告人は逆上し、犯行に及んだのでしょうか。

被告人は自分の容姿に劣等感を抱《いだ》き、子どもの頃に負った火傷痕があることから、ひととは交わらず、孤独に生きてきました。生来の気の弱さもあり、女性とつきあった経験もないまま、おとなになりました。しかし、健康な男であり、女性と接したいという欲望はあります。ところが、風俗店に行けば、そこの女性から火傷の痕が気持ち悪いと言われ、傷つくことが重なり、ついに風俗店に行くことも出来なくなりました。

そんな被告人にとって、インターネットの出会い系サイトで知り合った女性とメールのやりとりをするのが唯一の楽しみになりました。

そのメール相手が被害者の並河留美子でした。並河留美子は夫と離婚し、新しい恋人もいましたが、もの足らなさを覚えていたため、好奇心から出会い系サイトを利用したのです。

何度かのメールのやりとりのあと、留美子からお金を無心された被告人は、会って渡すことを承知しました。そして、池袋の喫茶店で会って五十万円を渡したのですが、被告人は留美子の美しさにすっかり虜《とりこ》になってしまいました。その後、さらに百五十万円を無心されましたが、そのお金も素直に渡しました。

被告人は専門学校を卒業して入社した会社でこつこつ真面目に働いて、お金を貯めておりました。その貯金を引き出して、留美子に渡していたのです。

そして、留美子の要求はエスカレートし、今度は三百万円が必要だと言ってきました。それで三百万円を用意して、留美子に会いました。ところが会う直前に留美子が男性と歩いているところを見て不審を抱き、問い詰めたところ、留美子から、もうおつきあいをやめましょうと言われ、気まずい思いで別れたのです。しかし、被告人は留美子に会いたいという気持ちを抑えがたく、もう一度会いたいとメールを送り、それで会うことになったのです。ところが、やって来たのは留美子ではなく母親の富子でした。留美子は急に来られなくなった、と富子は言い、三百万円を払ってくれれば、留美子の気持ちも変わるかもしれないと言ったのです。そのとき、被告人は家でなら渡すと言ったのです。富子はそのことを了承しました。富子が自宅の場所を教えてくれたことに、被告人は有頂天になり、三月二十六日の八時に訪ねることになったのです。

さて、当夜八時、被告人は被害者宅を訪ねました。テーブルに三百万円を出しましたが、すぐに渡そうとはしませんでした。そして、結婚してくれるなら渡すと迫ったのです。だが、留美子は拒絶しました。最初から結婚などする気がない、薄気味悪いなどとの暴言を浴び、被告人はかっとなってしまったのです」

脇屋検事は間をとってから続けた。

「被告人は犯行後、台所の流しで手や包丁についた血を洗い落とし、凶器はそのまま流しに置いて、指紋を拭き取って被害者宅から逃げたのです。このとき、玄関のドアは開けたまま飛び出し、門を出たところで、目撃者の女性と出くわしてしまったのです。

その夜、被告人は秋葉原のインターネット喫茶で一晩を明かし、翌日の夕方、千葉県君津の実家に向かいました。そして、その翌日、訪れた警察官に見つかり、任意同行の末に逮捕されたのです」

検察官は深呼吸をしてから、

「当法廷において、被告人は犯行を否認し、自分が訪ねたとき、すでにふたりが死んでいたなどと、あたかも他に犯人がいるがごとく弁解を繰り返しました。このことをみても、被告人には尊いふたりの命を奪ったという罪の意識はなく、まったく反省の色もありません。よって、被害者の留美子にも落ち度があることを考慮しても、何の罪もない母親の富子まで殺害に及んだことは断じて許し難《がた》い行為であり、厳しい態度で臨まざるを得ません。よって、被告人は極刑に処してしかるべきだと考え、死刑を求刑いたします」

死刑という言葉が出て、私は寒けがし、ひざがかくがくした。

被告人は虚ろな目で口を半開きにしていた。

傍聴席のざわめきが引いてから、

「では、弁護人。どうぞ」

と、裁判長が声をかけた。

「それでは、弁護人から最終弁論をさせていただきます」

横田弁護士が気負ったように第一声を放った。

「被告人は、無実であります。検察官の主張には大きな誤りがあります。以下、検察官の論告に基づいて説明していきます」

そう言ったあとで、横田弁護士は静かな口調になった。

「当夜、被告人が被害者宅を訪れたのは八時前ではなく、八時半頃でした。検察官は、隣家の主婦の証言により、被害者宅の訪問者が八時前と八時半をまわった頃の二度と決めつけていますが、その根拠が飼い犬が吠えたことであります。

確かに、飼い犬はインターホンの音に反応して吠える習性があったのでしょう。しかし、犬がいつも吠えるとは限らないのです。たとえば、そのとき食事中であったり、インターホンの音の届かない部屋で、熟睡していたために気づかなかったり、飼い主に抱かれていた場合など、犬は吠えないこともあります。

被告人は当夜、八時半頃に、被害者宅を訪ねたのです。そこでインターホンを押しました。しかし、犬は吠えなかったのです。食事中であったか、熟睡していたか。このふたとおりが考えられます。

この被告人の訴えを、犬の鳴き声だけで偽りと決めつけてよいのでしょうか。

次に凶器の包丁の件です。検察官の主張ですと、被害者から罵倒《ばとう》されてかっとなって、台所に包丁をとりに行ったと言いますが、被告人にとってははじめての家です。その家の台所まで包丁をとりに行き、その上で犯行に及ぶことがあり得るでしょうか。これが、台所で話し合っている最中にかっとなって包丁を摑《つか》んだというならわかりますが、被告人が話し合っていたのは玄関脇の部屋であり、台所とは少し離れているのです。百歩譲って、被告人が台所に行ったとしても、では、なぜ、台所には被告人の痕跡がないのでしょうか。流し台にも指紋はなく、そこで死んでいた富子の衣類にも被告人の汗などは付着していませんでした。このことは何を意味するのでしょうか。そうです。被告人は台所には行っていないのです。

次に、これは一番大きな問題です。動機であります。被害者はわざわざ被告人を自宅まで呼び寄せているのです。それは、三百万円を被告人から引き出したいからであります。検察官は最初から被告人は三百万円を渡そうとしなかったと主張しますが、被告人は留美子と別れたくなく、彼女の気持ちを引き止めるために三百万円を用意していったのです。

また、被害者のほうもお金を引き出したいために自宅に招いたのであり、それなのに、被告人を怒らすような真似をするでしょうか。

それに、検察官の論でいえば、八時に訪問し、八時半に犯行に及んで逃げるまでの僅《わず》かな間に、言い合いになったことになります。この僅かな時間で、被告人が殺意を抱くほどの怒りを覚えるには、被害者はよほどの罵倒をしたことになります。現実的に、そのようなことがあり得るでしょうか」

横田弁護士は反応を確かめるように、裁判員のほうを見る。

「被告人は、容姿に劣等感を持ち、それに、生来の気の小さな人間でした。そして、人一倍やさしい人間なのです。被害者宅のインターホンを押しても反応がなかったので、玄関まで行ってみたのです。すると玄関には鍵がかかっていませんでした。それで、ドアを開けて、奥に向かって呼びかけたのです。しかし、反応がありません。玄関脇の部屋のドアが開いていて明かりが廊下に漏れているのを見て、被告人はひょっとして、病気になって倒れているのではないか、そんな不安が頭を掠《かす》め、廊下に上がったのです。そして、部屋を覗いたところ、留美子が倒れていたので、あわてて抱き起こしたのです。そのとき、被告人の衣類に留美子の血液がついたのであり、留美子の着衣の背中に被告人の汗がついたのは、助け起こしたとき背中に手を当てたからであります。検察官が言うように台所から逃げる留美子を追いかけ、背中に手をかけたという解釈は間違っているのです。

さて、台所には被告人の痕跡がないことを、検察官は指紋を拭き取ったからといいますが、では、なぜ被告人は玄関脇の部屋のドアノブなどの指紋を消さなかったのでしょうか。これも不自然と言わざるを得ません。

被告人は単なる死体の発見者に過ぎなかったのです。ただ、状況から、自分に疑いがかかるという恐怖心から、被害者宅から逃げ出してしまったのです。したがって、デイパックに入っていた三百万には手を触れていませんから、血液が付くはずはありません。検察官が言うように、いったんテーブルに出した三百万をすぐにデイパックに仕舞ったためというのは不自然であります」

横田弁護士は息継ぎをしてから、

「被告人の不幸は、被害者の留美子に翻弄《ほんろう》されたことだといってもいいかもしれません。留美子に嫌われたくないという思いと、生来の気の弱い性格が自分を不利な状況に追い込んだのです。もし、死体を発見したとき、すぐに警察に通報していれば、このような疑いを持たれなかったでありましょう。しかし、被告人の生い立ち、これまでの経験からして、あのとき、自分が疑われると思った被告人の気持ちも理解出来るものであります。子どもの頃から、何度か犯人扱いされ、自分の訴えを聞いてもらえなかった経験が、被告人を必要以上に臆病にさせていたのです」

検察側の主張を聞けば、その通りだと思い、弁護側の主張を聞けば、その通りだと思う。また、検察側の論理に納得出来ないところもあり、また弁護側にも同じことがいえる。

どちらにしても、完璧な主張はないのだ。真実は神のみぞ知るであり、検察側も弁護側も不備なところを抱えたまま、正義の名において主張しているのだ。判断の難しさを思い、私は、これからはじまる評議の困難さに思いをはせた。

横田弁護士の最終弁論が終わった。

裁判員の誰からともなくため息が漏れた。いや、自分がついたため息だったのかもしれない。

「被告人は前に出てください」

裁判長に声をかけられ、被告人ははっとしたように顔を上げてから、ゆっくりと立ち上がった。

緩慢な動作は、二十九歳の若者とは思えない。被告人は証言台に立った。

「最後に、被告人は何か言いたいことはありますか」

裁判長が感情を抑えた声できいた。

「いえ、ありません」

被告人は怯えたような声で答えた。

「それでは、これで結審とします。判決は明日、午後三時より行ないたいと思います」

いよいよ評議に入る。私はトイレから評議室に戻った。

皆、席に着いていた。私は稲村久雄の隣の椅子に腰を下ろした。ここでの並ぶ順は、法廷の裁判員席と同じだった。

他の裁判員の様子を見ると、意外と淡々としているように思えた。深刻に考えているのは私だけなのだろうか。

私が裁判に心血を注いだのは、そうしないと妻のことを思い出すからだった。最初の頃は、逆に妻からの離婚届の請求のことを考え、裁判に集中出来ないところもあった。だが、途中から、私は裁判のことだけを考えるように努力したのだ。

それは、自分の担当の患者に自殺されて、悄然《しょうぜん》としていた古池美保のひと言からだった。

「被告人のほうがもっとつらい立場にいるでしょうから」

生か死か。そういう立場に追い込まれた被告人のことを考えると、離婚問題に悩んでいることはちっぽけなもののように思えた。

私は、検察官の論告、弁護人の最終弁論を思い出してみた。

検察側、弁護側の主張にはそれぞれに勢いがあるが、それぞれに欠点もあると思った。

たとえば、検察側の主張で、今ひとつぴんとこないのは、やはり犯行の動機と犯行の模様だ。

被害者が被告人に殺意をもたらすほどのことを言ったことが解《げ》せない。また、台所まで包丁をとりに行ったことも納得出来ない。

弁護側でいえば、被告人の訪問時、犬が吠えなかった理由に明確さがないことが弱い。あのときだけ、インターホンの音に犬が反応しなかった理由の合理的説明がついていない。

さらに、いくら気が弱い人間だとしても、また、あわてたとしても、現場から逃げ出したこともひっかかる。負い目がなければ、逃げる必要はなかったのではないか。

こうして、両者はそれぞれ欠点を抱えている。その上で、どちらが正しいのかを判断しなければならない。

私が納得していない箇所を、他のひとはどう思っているのだろうか。もしかしたら、私と違う解釈をしているかもしれない。

インターホンの件でも、たまたま犬が吠えなかったこともあり得ると思ったかもしれない。

また、現場から逃げたことも、被告人のような生い立ちの気の弱い人間ならあり得ることだと考えているかもしれない。

全員が揃ったので、裁判長が口を開いた。

「皆さん、この三日間、ごくろうさまでした」

裁判長は裁判員を労ってから、

「これまでの審理を見てきて、いかがですか。古池さん、どうですか」

塞ぎ込んでいたことを気にしていたようで、裁判長は真っ先に古池美保に声をかけた。

「検察側と弁護側の言い分を聞いていると、それぞれ説得力はあると思うのですが、なんだか、検察側も弁護側も決め手に欠けるような気がします」

古池美保は私と同じ感想を述べた。

「そういうもんでしょう。真実なんか誰もわからないんだから、お互いの主張に欠陥があるのは当然でしょう。もし、神がいて、真実はこうだと主張したら、裁判員がいる意味がない」

稲村久雄が小馬鹿にしたような顔で言う。

すかさず、裁判長がとりなすように言った。

「古池さんの仰ることはよくわかります。ただ稲村さんが仰ったように、真実は神のみぞ知るということであり、多少の不合理な点があることはやむを得ないことなのです。その不合理な点を考え、真実を見出していくのが私たちの役目なのです」

私は納得出来なかったので、

「私たちが真実を見出すことは出来るのですか」

と、言った。

私の声が少し尖《とが》っていたのか、皆の驚いたような視線がいっせいに自分に集まるのを意識した。

「真実は神のみぞ知るということであれば、検察官も弁護人も完璧な主張をすることは出来ないということになります。私たちは不完全なものを見て、どっちが正しいかを判断しなければならないことになるわけですね」

私は気になっていたことをきいた。

「そうです。どっちの意見が合理的に納得出来るのかどうか。それが判断の基準になるでしょうね」

裁判長は落ち着いた声で答えた。

「それで、正当な判断が出来るのでしょうか」

私はなおもきいた。

「不合理な点があるものをふたつ比べて、どっちが正しいかと判断することが出来るのでしょうか」

「そんな屁理屈を言ってもしょうがないでしょう」

西羽黒吾一が口を入れた。

「我々は与えられた材料をもとに、どっちが正しいかを判断すればいい。それだけのこと

ですよ」・

「被告人が否認している事件の審理に、僅か三日間でいいのでしょうか」

私は釈然としなかった。

「実際には三日間ではありません。公判前整理手続によって、裁判官、検察官、弁護人で話し合いをし、裁判が迅速に進められるように事前に争点や証拠の整理などを行なっています」

この公判前整理手続によって公判のスケジュールと日数が決まった。

「真実は神のみぞ知るというと、極めて冷たく突き放したように思われるかもしれませんが、その代わり、法の精神はこう謳《うた》っています。疑わしきは被告人の利益に、ということです。何度も申していますが、犯罪の証明責任は検察側にあるのです。もし検察側の主張に合理的な疑いを入れる余地があれば、被告人は無罪になるのです。よろしいですか、疑わしきは被告人の利益に。この言葉を忘れないでください」

「わかりました」

割り切れないものがあったが、私は引き下がった。

だが、疑わしきは罰せずの精神を貫けばいいのだと、私は改めて自分に言い聞かせた。

「他に何か、これから評議を行なっていく上でわからないことや、これまでの審理の中で、気になっていることなどがありましたら、どんな些細《ささい》なことでも遠慮なく仰ってください」

裁判長は一同を見回してから、

「ないようでしたら、さっそく評議に入りましょう。まず、検察官の論告をもう一度、整理してみましょうか」

と言い、手元の論告要旨を手にした。

「その前に、被告人がインターネットの出会い系サイトで並河留美子と知り合い、メールのやりとりから直接会うようになって、お金を渡した。さらに、三百万円を渡すために、被害者の家に行った。この件《くだり》までで何かありますか」

裁判長がきく。

「ここまでは弁護人のほうも認めているのだから、何の問題もないんじゃないですか」

稲村久雄が横柄に答える。

稲村の言うとおり、ここまでは問題ない。被害者の家に行ったところからが、検察側と弁護側の主張がはっきり分かれる。

「では、論告に従うと、被告人は夜八時前に被害者宅を訪問し、三十分間の話し合いの最中に激昂し、台所まで包丁をとりに行って犯行に及んだということです。それに対して、弁護側は被告人が訪れたのは八時半近い、また、僅か短い間で、被害者が被告人の気持ちを逆撫《さかな》でし、殺意を抱かせることを言うとは考えられないということです」

裁判長は論告の要旨に最終弁論を照らし合わせて問題点を整理していった。

「やはり、大きな問題は、被害者が被告人を怒らせたかどうかだな」

稲村久雄が言う。

「そうですね。そこがすべてじゃないですか」

西羽黒吾一も応じる。

「もし、それがないのなら、犯行の動機がなくなるということですから」

それが皆の一様な意見だった。

「それでは、こういったことを踏まえ、明日十時から本格的な評議に入りたいと思います。きょうはゆっくりおやすみになって明日に備えてください」

裁判長が言った。

私はこのまま評議を続けたかった。だが、もう、五時近い時間になっていた。

第三章　無実の抗議

1

翌日、最終日。

いつものように、楕円形のテーブルを三人の裁判官と六人の裁判員が囲んでいる。

評決は、全員の意見が一致しなかったときは多数決により行なわれる。ただし、有罪となる場合は裁判官一名以上が多数意見に賛成していることが必要だ。

「いよいよ、評議に入ることになりました。判決予定は午後三時です。それまでに、評議をし、よい結論を得たいと思います」

裁判長の声がやや緊張しているように思えた。朝十時きっかりに評議がはじまった。私は身が引き締《し》まるのを感じた。

私の考えは決まっていた。昨夜、疲れていたせいか、早い時間にベッドに入った。だが、美緒子のことが頭に浮かんで来た。

早く、離婚届にサインをしてくれという彼女に未練があるわけではない。昔の恋人に走った女のあとを追うような真似《まね》などしたくない。だが、はっきり離婚届という具体的な形を突きつけられると、なぜか、心は乱れて、切なくなった。

そのことから逃れようと、私は裁判のことに思いを向けた。被告人のことだけを考えようとしたのだ。

そして、寝つけぬまま、私はある結論を出した。

被告人がインターホンを押したとき、なぜ犬が吠えなかったのか。なぜ、被告人は現場から逃げ出したのか、など不合理な点はある。

だが、僅《わず》か三十分で殺意に発展するようなトラブルが被害者と被告人との間に発生した可能性に疑問を覚えるのだ。疑わしきは被告人の利益にという法の鉄則を踏まえ、当然被告人を無罪とすべきだと思った。

「それでは、きのうと同じく、検察官の論告に沿って評議を続けていきたいと思いますが、きのう話題になりました犯行の動機の件はあとまわしにして、被告人が何時に被害者宅を訪問したか。このことから検討してみましょう。検察官の論告では、被告人は八時頃にインターホンを押して、被害者の家に入ったというものです。この論拠は、インターホンの音に被害者の家の飼い犬が反応して吠えた、それに呼応して隣家の犬も吠えたので、隣家の主婦が窓から見てみると、男が玄関に向かった、という証言です」

裁判長は確認するように裁判員に目を向けた。

「よろしいですね。これに対して、弁護人の主張は、被告人が被害者宅を訪問したのは八時半頃で、このときすでに被害者は殺されていたというものでした。ただ、このとき、インターホンが鳴ったのに、なぜ犬が吠えなかったのかという疑問に対して、犬が吠えないケースもあるという説明でした」

裁判長はいちいち裁判員の顔色を窺《うかが》ってから、

「まず、この点についてはいかがですか」

と、意見を求めた。

最初に発言したのは、金沢弥生だった。

「私の友人もパピヨンという犬種を飼っていますけど、やっぱり、インターホンや玄関の開閉の音に敏感でした。インターホンを押して犬が吠えないということはあり得ないと思いますけど」

金沢弥生ははっきり言う。

「つまり、被告人は嘘《うそ》をついていると言うのですね」

裁判長が確認する。

「そうだと思います。被告人の話には、犬の件がまったく出て来ません。玄関を開けて、部屋に上がったのに、一度も犬が出て来なかったのはおかしいと思います。そのすぐあとに、第一発見者の井村智美さんがインターホンを押したとき、犬が吠えながら飛び出して来たのですから」

「私もそう思いますね」

テーブルに両手をついて、西羽黒吾一が身を乗り出して言う。自信に満ちた態度だ。

「犬はひと一倍、音に敏感ですし、信用していいと思います。ひとは嘘をつきますが、犬は嘘をつかないんじゃないですか」

「でも、何かの理由で、そのとき犬は鳴かなかったことも考えられませんか」

私は反論し、さらに続けた。

「被告人が家の中に入っても出て来なかったというのは、二階に上がっていたから聞こえなかったとか」

「でも、どうして二階に上がっていたのかしら。それに、二階に上がっていたとしても、インターホンやひとの声はわかるはずです」

金沢弥生が疑問を呈《てい》する。

「そうですね」

そのことになると、私も明確に答えられない。そもそも、二階に上がっていたから聞こえなかったという反論は、自分でも弱いと思っている。

「被害者宅のパピヨンは鳴いたけど、隣家の犬がたまたま食事をしていて、鳴かなかった。だから、隣家の証人は被害者宅の訪問者に気づかなかったという可能性は？」

古池美保が私に助け船を出すように言う。

「でも、隣家の証人は、犬は食事はしていなかったと言っていましたよ」

西羽黒吾一が応じる。

「食事ではなくても、隣家の犬が吠えなかった可能性だってあるんじゃないですか。被害者の犬が吠えても、自分のところの犬が吠えなかったら、隣家の主婦は被害者宅に被告人が訪問したことに気づかなかったかもしれません」

古池美保がさらに言う。

「それはないな」

稲村久雄が背もたれに体を預けたままで言う。

「なぜですか」

その態度に反発したように、古池美保が強い口調で問い返す。

「被告人の言い分だと、被告人が訪問したのは八時半頃。その十分足らずあとに、隣家の犬が吠えている。第一発見者の井村智美が押したインターホンの音に、被害者宅の犬が反応したのだ。その僅かな時間差で、犬の反応に違いがあるとは思えない」

稲村久雄が冷静に続ける。

「よしんば百歩譲って、被告人の言うとおりだったとしよう。しかし、玄関のドアを開けて、被告人は奥に向かって呼んでいる。これで、犬は吠えて飛び出してくるのではないか。ようするに、被告人は犬のことをまったく無視している。そのことが嘘だという証拠ではないか」

稲村はやり込めるように言う。

会社時代の稲村は、いつもこうやって相手をやり込めていたのだろうか。私は稲村に反発を覚えた。

「被告人が犬のことを言わないのは、ほんとうに犬のことに気がつかなかったからではないのですか」

私は少しむきになって言った。

「だが、その直後に、井村智美がインターホンを鳴らしたとき、犬が吠えている。僅かな時間差で、犬が吠えたり、吠えなかったりということは考えにくい」

稲村は決めつけた。

私は反論出来ないことがもどかしかった。ただ、誰も気づかないが、犬が吠えなかった理由があるのではないかという思いは消えない。

「広木さんはいかがですか」

まだ発言していない広木淳に、裁判長がきいた。

「私も犬の反応は信じていいと思います。井村智美さんがインターホンを押したとき、犬が飛び出して来たのですから、ついちょっと前までいた被告人が犬のことを知らないのはおかしいと思います」

広木は生き生きとして喋《しゃべ》っている。私にはそのように思えた。きょうで最後なので、張り切っているのか。

「裁判長の意見をお聞かせ願えますか」

稲村久雄が裁判長に言う。

「それでは、陪席裁判官のほうから発言してもらいましょう」

裁判長の右隣にいた裁判官が居住まいを正してから、

「私も犬の判断はおおむね正しいとは思いますが、それで即、被告人が嘘をついていると決めつけるのはいかがでしょうか。八割方検察側の言い分に利があると思いますが、残りの二割は弁護側に利がある。すなわち、検察側の主張は百パーセントではないと思います」

続いて、左にいた女性裁判官は、

「私は、あくまでひとの判断が優先されるべきであり、犬を仲介しての判断はあくまでも参考意見に過ぎず、それをもとに、新たな証拠を見つけて被告人の言うことが正しいか、正しくないかを判断すべきものだと思います」

　最後に、裁判長が言う。

「今、ふたりが述べましたように、被告人がインターホンを押した場合に犬が吠える確率が高いというだけで、百パーセントではありません。これはあくまでも状況証拠の一つだと考えるべきでしょう」

「まあ、犬に証人尋問は出来ませんからね」

　西羽黒は自分で言い、ひとりで笑った。

　西羽黒のつまらない冗談を無視して、稲村が言った。

「つまり、八割方はいいとして、残りの二割を補強する他の証拠があればいいということですね」

「まあ、そういうことになります」

　裁判長は他の裁判員が納得したのを確かめてから、

「では、次に移りましょう。これが最大のポイントになるかと思いますが、動機です」

　と動機という言葉を強く言った。

「三百万を自宅で渡すと言い、被害者の家を訪ねたが、お金を渡そうとしなかった。そのことで、留美子が被告人を責めた。薄気味悪いという罵声《ばせい》を浴び、被告人はかっとなってしまったというのが検察側の主張です。お金を渡そうとしなかったというのは、お金に血が付いていなかったからだということでした。つまり、血が付いていないのはデイパックから取り出して相手に見せたが、すぐにデイパックに仕舞って、渡そうとしなかったからだということです。これに対して、弁護側は被害者はお金が欲しいのに相手を怒らせたというのは不自然であり、お金に血が付いていなかったのは、デイパックに入れたままだったからだ。死体を発見してすぐ逃げたから、お金を出す暇がなかったのだと主張しております」

裁判長が裁判員の反応を窺ってから、

「堀川さん、いかがですか」

と、いきなり私に問いかけた。

私はあくまでも被告人無罪の立場から、

「私は、検察官の主張には無理があると思います。弁護人が主張するように、わざわざ自宅まで教えて、三百万を持って来るという相手を怒らせることを言うはずがありません。三百万円を見せただけで、すぐにデイパックに戻したという推測も、納得いきません」

と、はっきり言った。

「稲村さんはいかがですか」

「私は被告人が家まで押しかけたことに注目したい。被告人は相手の家に招待されたことで、結婚してくれるかもしれないという期待を抱《いだ》いたと思います。そう思わせた被害者も悪い。家に呼び寄せるなんて、おかしい。まあ、それはおいといて、被告人は浮き立った気持ちで被害者の家を訪問したことは間違いない。被害者と差し向かいになったとき、まっさきに結婚の件を持ち出した。すると、相手が先にお金をくれと言う。いや、結婚の件が先だということから言い合いになったことは十分に頷《うなず》ける」

　稲村久雄の言葉を引き取って、西羽黒吾一が言う。

「私も、被告人は相当錯覚していたと思いますよ。家に招待されているんです。それも母親から。当然、結婚出来るかもしれないと思っていたでしょう。しかし、その一方で不安もあった。だから、まず最初にそのことを確認したのだと思いますね。ところが、留美子から、あんたみたいな男と結婚する気はないなどと言われ、逆上してしまったのではないですか」

「広木さんはいかがですか」

「私も同じです。被告人はひょっとしたら、家に泊まっていいかと言ったかもしれません。被告人がとうてい受け入れられない要求をしたから、被害者も反発を覚えたのだと思います」

　広木淳は口許に笑《え》みを浮かべて言う。

「だいたい、インターネットの出会い系サイトで異性と知り合おうなんて、どうかしている。そんな人間だから、かっとなると見境がなくなってしまうのだ」

　稲村久雄が呟《つぶや》くように言った。

「仰《おっしゃ》るとおり」

西羽黒吾一が大きく頷《うなず》いた。

「いえ、インターネットが悪いわけじゃありません」

金沢弥生が反論した。

「確かに、それを利用して悪いことをする人間もいますけど、そういった人間はネットでなくても何かをやらかしていると思います」

「そうです。出会い系サイトで知り合ったからって、それが犯罪に結びつくという見方は偏見だと思います」

私もすかさず言う。

私は出会い系サイトを認めているわけではないが、女性とうまくつきあえない被告人が出会い系サイトに向かった気持ちは理解出来る。それでしか、女性とつきあえない男の気持ちが哀れでならない。

稲村久雄は不快そうに口を真一文字にし、西羽黒吾一は片頬《ほお》を歪《ゆが》ませた。

広木淳が今度は真顔になって、

「そうですね。この事件では、被告人と被害者の出会いがどうであろうが、そのことを前提にしてものを見ては判断を誤ってしまうかもしれません」

「しかし、インターネットの出会い系サイトがあったからこそ、ふたりは出会ったのではないか」

稲村久雄が強い口調で反論する。

「もし、これが結婚相談所のお見合いパーティーで知り合ったふたりだったとしても、同じような結果になったか」

「お見合いパーティーだったとしても、事件を起こす人間はいるはずです。出会い系サイトであろうがお見合いパーティーだろうが、同じことではありませんか」

広木淳が反論した。

「違うね。お見合いパーティーは手順を踏んでいくんだ。ところが、インターネットの出会い系サイトは簡単にアクセスすることが出来る。大事な出会いなのに、この手軽さ。このことが決定的に違う。ネットでは嘘を平気でつける。君も出会い系サイトを使ったことがあるのかね」

稲村久雄が広木にきく。

「いえ……」

広木淳の声が小さくなった。

稲村久雄の言うこともわかるが、出会い系サイトを使わざるを得ない被告人の孤独をわかってやらないと可哀《かわい》そうな気がした。私がそのことを言おうとする前に裁判長が割って入った。

「こうやって議論が白熱することはよいことだと思います。では、元の議論に戻りましょうか。殺意が生じるという何かがあったかどうか、この点をどう思うか、皆さんの意見をまとめてみましょう」

裁判長が一同の顔を見回した。

「稲村さん、西羽黒さん、広木さんは、検察官の主張を支持し、堀川さんは弁護人の主張を支持ということでしたね。あと古池さんと金沢さんの意見をお聞きしていません。金沢さんはいかがですか」

「私は検察官の主張は頷けません。三百万円を出そうとしなかったからって、いきなり罵倒するなんて考えられません。被害者だって、もっと時間をかけて、三百万を出させようとしたはずです」

金沢弥生が言う。

「古池さんは？」

「私も、同じ女性として、そんなことはあり得ないと思います。検察官の主張は、被告人が被害者ふたりを殺した。だから、きっと逆上したのだ。それは、被害者が被告人を怒らせたからだ。被告人が怒るのは、結婚を否定したからだというふうに論理を展開していった結果のように思えてなりません」

「すみません」

広木が口をはさんだ。

「今のおふたりの話を聞いて、考えが変わりました。やはり、女性が相手を怒らせることを言ったというのはおかしいと思います。ただ」

広木淳はちょっとためらってから、

「だからといって、被告人が殺したことには変わりないように思えるんです。何というか、動機の説明が弱いように思うんです」

「確かに、そのとおりだ」

稲村久雄が応じた。

「被告人が殺した可能性が高いが、検察官の言うようなことで、被告人が逆上したとは思えない。もっと他に何かあったのではないか」

稲村は顎《あご》に手をやった。

「さっき稲村さんが、インターネットは嘘をつけると言いましたよね。そのことを踏まえて、もう一度、メールを見返してみました」

西羽黒吾一は手にメールのやりとりの資料を持っている。

「すみません。ちょっと、読んでみたいと思うのですが、よろしいですか」

少し興奮しているようだ。

「どうぞ」

裁判長が言う。

西羽黒吾一は何かを発見したのか、鼻息が荒くなっていた。

2

西羽黒吾一は大きく深呼吸してから、語りはじめた。

「では、読んでみます。まず、被告人が送ったメール。『ようやく、暖かくなってきました。穴蔵から光に満ちあふれた外界に出た動物のように、私は太陽の光を浴びながら、近くの公園を散歩してきました。出来ることなら、今度、あなたといっしょに散歩が出来たらと思いました。また、メールをお待ちしております。木原一太郎』それに対する並河留美子の返信メールです。『暖かい陽射《ひざ》しを浴びての散策、とても快適なようですね。ぜひ、いつかいっしょに連れて行ってください。私も犬を散歩させていると、公園によくアベックを見受けました。今夜は、あなたと公園を散策することを夢見ながら、ふとんに入ります。留美子』『私は、いつか好きな女性と行ってみたい場所があります。弘前城です。写真でしか、夜桜の弘前城を見たことはありませんが、いつかあなたと行けたらと勝手に思っています』今度は留美子からのメールです」

ここが肝心《かんじん》だと言わんばかりに、西羽黒は声を大きくして読み出した。

「『私は一度弘前に行ったことがあります。確か、天皇誕生日だったと思うのですが、とても暑かったのを覚えています。私も、あなたと桜の弘前城を散策したいです』」

西羽黒吾一が顔を上げてきいた。

「今の箇所で何かおかしいと気づきましたか」

「あっ、天皇誕生日」

金沢弥生が叫んだ。

「そうです。留美子は勘違《かんちが》いをしています。季節は桜の咲く頃の話です。そして、一度弘前に行ったことがある、そのときが天皇誕生日だったというのです。留美子がこんな勘違いをするでしょうか」

ゴールデンウィークの四月二十九日が天皇誕生日だったのは昭和で、平成の現在は十二月二十三日だ。

「なるほど。しかし、勘違いとはいえないかもしれない。確かに、留美子が弘前に行ったのは天皇誕生日だったのかもしれない。つまり、平成の前だ」

稲村久雄が言う。

「今から二十年前といえば、留美子は十三、四」

金沢弥生が呟く。

「おかしい」

「どういうことなんですか」

広木淳が口をはさむ。

「こういうことですよ。あのメールは留美子が送っていたのではなく、母親の富子が送っていた……」

西羽黒吾一が言い切った。

「あっ」

広木淳が叫んだ。

私も驚いて手元のメールの写しに目を落とした。

このメールは富子が送っていた。まさか……。

「つまり、被告人は留美子とメールのやりとりをしていると思っていたが、実際は富子とメールの交換をしていたんですよ」

西羽黒吾一は自分の発見に得意そうだった。

「ちょっと待ってください」

裁判長が口をはさんだ。

「皆さんでメールの中身を検証してみましょう」

私ももう一度、富子が書いたという目で読み返してみた。

すると、やはりところどころに年配の女性の言葉づかいが散見された。アベックという言葉もある。今ならカップルと言うだろう。

「確かに、西羽黒さんの仰るとおりです。このメールはすべて富子が発信した可能性が高いですね」

裁判長も感心したように言う。

「なぜ、富子はそんな真似をしたのでしょうか。留美子に頼まれたのでしょうか」

私は頭の整理がつかないまま訊いた。

「私が思うに、富子は出会い系サイトで、娘の名を借りて遊んでいたのではないか。相手だって、若い女だと思うからメールをくれるわけだ。留美子とは関係ない」

西羽黒は考えながら話す。

「でも、実際に、被告人が最初に会ったのは留美子です」

私は反論する。

それに対し西羽黒は、

「富子は、予想以上に相手がのめり込んできたので、ためしに五十万円をねだってみた。すると、相手が会ったときに渡すと言う。それで富子は娘にわけを話し、自分の代わりに会って金を受け取って来てくれと頼んだのではないか」

「そうかもしれない」

稲村久雄が同調した。

西羽黒吾一は調子に乗って続ける。

「留美子は頼まれて被告人に三度会ったが、もう、これ以上は気が進まなかった。だから、四度目は富子自身がのこのこ出て行った。よく考えてみれば、留美子には新しい恋人がいたのです。恋人がいながら出会い系サイトに走ったとは考えづらい。その点、富子は暇つぶしのために、出会い系サイトを利用した」

「いや、まさにそのとおりだ」

稲村久雄が感嘆したように言い、

「最後に池袋の喫茶店で被告人に会った富子が、娘の代わりに来たというのも、よく考えれば不自然だ。留美子がそんなことを母親に頼むだろうか」

「そうです。被告人はこのことに気づき、被害者宅に入るや、富子を問い詰《つ》めたのではないでしょうか」

西羽黒吾一は皆を見回して言う。

「それなら、被告人の怒りは納得出来る」

稲村久雄も満足そうに言い、

「それだけじゃない。他のいくつかの疑問も解決出来る。犬の件だって、被害者の家に行ったときからカッカしていたのだから、耳に入っていなかったのだ。それに、最初に富子を殺した理由もわかる。台所にやってきた富子を追いかけ、たまたま流しにあった包丁で富子を刺したのだ」

　と、自信ありげに続けた。

「そのとおりです。私もそう思います」

　西羽黒が応じた。

「ちょっとよろしいでしょうか」

　私は口をはさんだ。

「今のことは、ほんとうにそうかどうかの検証がされていません。かりに、富子がメールを書いていたのだとしても、被告人がそのことに気づいたかどうかもわからないのです。そういうことを判断の材料にしていいのですか」

「いや。これがまったく別のことなら、君の言うこともわからなくはない。たとえば、法廷に出て来なかったもうひとりの目撃者がいて、犯人は誰それだと告げたとしても、その目撃者の証言の信憑性《しんぴょうせい》に問題があるなら判断材料にはならないと思う。でも、今回は検察官が出した証拠をもとに考えているのだ」

　西羽黒吾一は私の反論を切り捨てるように言った。

「最初に裁判長から、評議は法廷に出された事実をもとに行なうということを言われました。つまり、検察官の主張が正しいか正しくないか。だとしたら、今のことは法廷には出ていないのですから、判断材料にしてはいけないんじゃないですか」

「しかし、検察官は被告人が逆上したことは指摘しているのだ。理由は違っても、逆上した末に、犯行に及んだことは紛《まぎ》れもない」

稲村久雄が西羽黒に代わって言う。

「そうですよ。こんな大事なことを気づかなかったのは検察官の怠慢《たいまん》だ。だからといって、ひと殺しをした被告人を無罪にしていいということはあり得ない」

西羽黒吾一も気負い込んだ。

「そうだ。検察官の主張の裏付けを我々がとったということだから、当然証拠として採用すべきだ」

稲村久雄が語気強く言う。

「待ってください」

裁判長が割って入った。

「今の件は弁護人も知らないことです。弁護人が知らないことを我々が勝手に採用して判断材料にしてはまずいのです。つまり、もし、検察官がこのことを主張したなら、それに対して弁護人は反論を用意したでしょう。その弁護人の反論を聞いてからでないと、事実かどうかはわかりません」

裁判長はさらに言う。

「もしかしたら、留美子はそういう古い言葉の使い方をする人間なのかもしれません。昔の小説を読んでいて、その中にアベックと出てきたので、それを使ったということも考えられます。天皇誕生日にしろ、当時は中学生ぐらいだったのです。当時、その日に強烈な印象があったのかもしれません。確かに、可能性は少ないにしろ、ゼロではないのです。それ以外の可能性だってあったはずです」

裁判長が話し終えるのを待って、西羽黒が猛然と言い放った。

「それはおかしいんじゃないですか。可能性が高いことを無視するなんておかしいじゃありませんか。それに、もしかしたら、弁護士だってこのことに気づいていたかもしれませんよ。不利になるから黙っていただけだったかもしれません」

西羽黒の一歩も引かない勢いに押されたが、

「ですから、その検証がなされていないのではないですか」

と、私は訴えた。

「じゃあ、もう一度、審理をやり直したらどうですか」

西羽黒吾一は憤然と言う。

「それが一番いい」

稲村が西羽黒の肩を持った。

「もう裁判は結審しました。やり直すことは出来ません」

裁判長が冷たく言う。

「なぜ、ですか。評議をしていて、審理の不備が見つかったんです。もう一度、やり直すべきじゃないんですか。裁判所の命令で、出来ないんですか」

西羽黒は強硬に言う。

「検察官、弁護人とも、この裁判に不服があれば控訴出来ます」

陪席裁判官が口をはさむ。

「いや。我々の感覚、つまり素人《しろうと》の感覚では、すぐにやり直すべきだと思いますよ。午後からでも、招集すればいいんじゃないですか。私も、検察官や弁護人、被告人にぜひこのことをきいてみたい」

西羽黒が自分が発見したことだからか、一歩も引かないように言う。

「結審したことは覆《くつがえ》せません」

裁判長が苦い顔で言う。

「それは法律でそうなっているのですか。それとも、一度結審したものを覆すと、裁判長の能力を疑われるからしないのですか」

稲村久雄が言うと、裁判長はむっとしたようになり、

「はっきり言います。メールの相手が富子であるという仮説は捨てて、あくまでも検察官の主張に沿って評議をしていきます」

と、強引に議論の終結を図った。

横暴だと、誰かが呟いた。しかし、裁判長はその声を無視し、評議を続けさせた。

だが、メールの相手は富子だったということは、裁判員たちの意識にしっかり染み込んでいた。

「では、午前中はここまでとし、午後一番で、有罪か無罪か、最終的な判断をお聞かせください」

裁判長は有無を言わさぬように言った。

時計の針は十二時を指そうとしていた。

裁判官が部屋を出て行ったあと、西羽黒吾一が呆《あき》れたように言った。

「肝心なことは裁判員の意見なんか反映されない」

「ようするに裁判員裁判と言ったって、本質的には今までとまったく変わらないということだ」

稲村久雄も腹立たしげに言う。

ふたりのやりとりから逃れるように、私は部屋を出た。

廊下で、マナーモードにしてある携帯を見た。石渡千佳から二度、着信があった。

二度ともメッセージが入っていた。

食堂に向かう皆から離れ、廊下の隅に行き、留守電を聞いた。

「離婚届、早く欲しいそうです。きょうで裁判が終わるのですね。明日、受け取りに行きたいと思うのですけど」

二度目のメッセージを再生する。

「離婚届の件です。明日、お願いいたします」

私は一瞬、怒りを忘れて呆れ返った。

いったい、美緒子はなぜ、今ごろになって離婚届のことで焦っているのか。それに、こんなことを友人の石渡千佳に頼んで、どうして私にじかに言って来ないのだ。自分から私のところに来るべきではないのか。

私は無意識のうちに庭に出て、人気《ひとけ》のない場所に行き、千佳に電話をした。

しかし、千佳は出なかった。彼女も仕事を持っているはずだから、手が離せないのだろうか。いらだちながら、私はそこで十五分ほど過ごし、もう一度電話をかけた。

しかし、千佳は電話に出られない状態だった。

私は昼食をとる気になれなかった。食欲もなく、庭をぶらぶらした。そして、午後の評議の開始時間十分前に、携帯を取り出した。

しかし、電話をかける直前で思い止まった。自分で取りに来いと、美緒子に伝えてもらおうと思ったのだが、私が美緒子に会ってもお互い気まずい思いをするだけだ。それに、会うのもつらい。

私は携帯を内ポケットにしまった。

結局、昼食をとらないまま、評議室に戻った。

3

すでに、皆座っていた。私が席に着くのを待って、

「それでは評議の続きに入ります」

と、裁判長が開始を告げた。

「午前中の議論にありました、メールの相手が富子ではなかったのかという点は考えず、あくまでも検察官の主張することが納得出来るかどうかで判断をしたいと思います。それでは、被告人は殺人を犯したか否か、すなわち、有罪か無罪かを述べていただきます。まず、稲村さん、いかがですか」

真っ先に稲村久雄が指名された。

稲村久雄は厳粛な面《おも》持ちで口を開いた。

「私は、被告人が殺人を犯したことは間違いないと思う。弁護人の主張には無理がある。被告人が訪れたとき、すでに被害者ふたりが殺されていたというのはあまりにも出来すぎている。別の真犯人が同時に現場にいたという偶然なんてあり得ない。有罪です」

自信に満ちた口調だ。

確かに、稲村の言うことはもっともだ。被告人が訪問したとき、一足先に殺人犯が犯行を済ませたあとだった。その偶然の確率は低いと言わねばならない。だが、それでも私は、その偶然があったと考えたいのだ。

「次に、古池さんは?」

順番にきかないで、二番目に古池美保を指名したのは、彼女が無罪を主張すると読んだからだろう。

「私は、やはり犯行動機にひっかかります。被告人の犯行である可能性が高いですが、検察官の立証では、犯行を証明するには弱いと思います。疑わしきは被告人の利益にという法の鉄則を考えれば、被告人を有罪には出来ません。無罪にするのが妥当かと考えます」

彼女ははっきりと言った。

「堀川さん、いかがですか」

「私は、古池さんと同じです。無罪だという証拠はありませんが、有罪だという証拠もない。灰色《グレー》ですが、無罪を支持します。有罪と断定するには、検察官の立証では弱すぎると思います」

私は半ば無意識のうちに口《なか》にしていた。

「西羽黒さんは?」

「私は当然、有罪です。被告人が自白しない限り、百パーセント完璧な立証が出来るはずはありません。欠陥を含みながらも、被告人の有罪は動かしようもないと思います」

西羽黒吾一は胸を張って答えた。

「金沢さんはいかがですか」

「私も、有罪だと思います。死人に口なしで、被告人の一方的な弁護を聞かされたって感じです。有罪です」

金沢弥生は険しい顔で言う。

メールの相手が富子だったことが、彼女の判断のウエートを占めているに違いない。

「最後に、広木さんはいかがですか」

「有罪です。被害者の家から飛び出て来た様子からして、ふつうではありません。被告人は重大なことを隠していたんです」

やはり、広木淳も、メールの相手が富子だったことを動機に考えているようだ。

裁判員は四対二で有罪が多く、次に男性裁判官が発言した。

「私は、やはり動機面において納得出来ないこともありますが、被告人が被害者を殺したことに間違いないと思います。弁護側の主張は、あくまでも死人に口なしの印象が強く、状況面をみても有罪かと思います」

これで五対二になった。裁判官のひとりが有罪に賛成しているので有罪が決定した。

「私は無罪です。理由は明らかに検察側の立証に不備があるからです。隣家の主婦が午後八時に犬の鳴き声に気づき、窓から被害者宅の門に目をやり、訪問者を見ていました。ですが、男というだけで、それが被告人であるとは立証されていません。次に、動機についても、被告人が結婚を迫ったことに対して、被害者がこれを拒否したため、逆上して犯行に至ったということですが、この動機については検察官の想像に過ぎず、証拠もなく、何ら立証されておりません。取調官の誘導による可能性が否定出来ません。さらに、もっとも重要な殺害行為、すなわち被告人が包丁で被害者らを刺したという事実そのものにも証拠はなく、何ら立証はされていません。よって、グレーですが、無罪とすべきだと思います」

若い女性の裁判官は無罪に投じた。

最後に裁判長は自分の意見を述べる前に、

「すでに、五対三で有罪に決まったようですが、皆さんの中で、他の方の意見を聞いて自分の考えが変わったという方がおられましたら、どうか遠慮なくご発言ください」

と言って、裁判員を見回した。

「いないようですね。では、私の意見を述べさせていただきます。まず、弁護側の言うように、被告人が被害者宅を訪れたとき、すでにふたりが死んでいたという主張が成立するかどうか。この考えを成立させるためには、真犯人が別にいることが条件です。翻《ひるがえ》って眺めると、留美子の周辺にはトラブルが存在しません。つまり、まったくの第三者が殺人を犯したということが考えにくい」

　私は、今の言葉の中の何かに引っかかった。だが、それが何なのかわからない。裁判長の声が続く。

「次に、検察側の主張が正しいとして考えてみます。本事件をわかりにくくしているのは、被害者のほうに打算があり、被告人をなめていたような面が見受けられ、そのことが犯行の動機になっているからであります。まず、三百万をもらいたいために、被告人を自宅に招いたこと自体、非常識ではないでしょうか。メールでは嘘をついて、被告人をその気にさせて、お金を引き出させている。西羽黒さんが仰ったように、もしこのメールが富子が書いたものだとしたら、被告人の怒りは当然でありましょう。しかしながら、富子が書いたものというのは推測に過ぎず、ここではあくまでも留美子が書いたものとして、考えます」

　富子が書いたものというのは推測に過ぎず……。その言葉が耳に残った。何かが、見えかけていた。さっき引っかかったのも、富子絡《がら》みのことだったか。

「以上のことからすると、状況は被告人の犯行を思わせます。しかしながら、皆さんにはよく考えていただきたいのです。さきほど陪席の女性裁判官が話したように、午後八時に訪問した男性が被告人だという証拠はなく、被告人が包丁で被害者らを刺したということも何ら立証されたわけではありません。これではとうてい有罪と決めつけることは出来ません。いろいろ意見を述べていただきましたが、皆さん方には、このことを念頭に置いて、もう一度考え直していただけないでしょうか。法律というものは……」

「待ってください」

稲村久雄が口をはさんだ。

「今のお話はプロの見方でしょう。しかし、裁判員裁判は我々素人《しろうと》の意見を取り入れることになるのではないですか。でも、その三十分後には被告人が被害者の家から飛び出して来ているではありませんか。そのことは目撃者がいて証明されているのではありませんか」

「そうですよ。我々の感覚では、いろいろな要素を考えれば、八時の訪問者は被告人以外にあり得ないと思います」

西羽黒吾一も断固として主張した。

「私もそう思います」

広木淳も同調した。

裁判長はため息をついてから、

「ここで十五分間の休憩をとります。そのあとで、もう一度採決をとります。休憩の間に、考えが変わったりした場合、変えていただいても結構です」

裁判長は慎重を期しているのだと思った。だが、十五分間の休憩で、考えが変わることがあっていいのか。そんな簡単に意見が変わるような結論で、被告人の有罪か無罪かが決められてしまうのか。

私はなんとなく違和感を覚えたが、それより、喉《のど》に何かがつっかかったように、さっきの引っかかりを覚えたことが気になってならなかった。

いったい、あれは何だったのか。

廊下に出て、携帯を開いた。千佳からの着信はなかった。

私はトイレから出たとき、さっと霧が消えたように、引っかかった言葉を思い出した。

裁判長はこう語った。留美子の周辺にはトラブルが存在しません。つまり、まったくの第三者が殺人を犯したということが考えにくい、と。

しかし、メールの相手が富子だということをもっと深く考えるべきではないのか。偽りのメールで、被告人を騙すような女だ。富子の周辺に捜査の目は向いたのか。

私はこの発見に心が奮い立った。

休憩が終わり、評議が再開した。

裁判長が評議の再開を宣するや否や、私は勇んで言った。

「さきほど、裁判長が留美子の周辺にはトラブルが存在しなかったと仰いましたが、富子のほうはどうなんでしょうか。富子はメールで被告人を騙しています。他にも、同じようなことをしていたのではないでしょうか」

皆の反応が鈍いのにいらだった。

「被告人が言うとおり、被害者宅に行ったら、ふたりは殺されていたのです。犯人は、富子を殺そうとして、ついでに留美子も殺したとは考えられませんか」

「そんなこと、検察官は何も言っていない」

西羽黒が否定した。

「検察、警察の見落としではありませんか。富子の周辺にきっと富子に恨みを持っていた人間がいるはずです」

私はなおも言った。

「仮にそうだとしても、その人間が犯人だとは限るまい」

稲村久雄が興味なさそうに言う。

「堀川さん。我々は検察官が主張し、構築した事件のストーリーが信用できるかどうかを判断しているのです。そこに、検察官の主張にはない事実をあれこれ推測で持ち込むのは妥当ではありません」

裁判長がたしなめるように言う。

「検察官の主張の不備を補うことは許されないのですか」

私は抗議した。

「前にも申しましたが、我々は検察側が提出した犯罪の事実が正しいかどうか、そのことを議論するものであって、検察側の、あるいは弁護側の不備を勝手に補っていいというものではありません。それに、今のお話にしても、それが事実であるという証拠はないのです。そういうことがあれば、審理のときに、お考えいただきたかったですね」

「審理のときにですって」

私は啞然《あぜん》とした。

「では、もし、あとから富子の周辺から真犯人が見つかったら、どうなるのですか」

私は裁判長に抗議した。

「そこまで考える必要はありません」

裁判長が私の言い分を却下した。

「それでは、改めて採決をとります」

また順番に、裁判長は意見をきいていった。

しかし、さっきの採決から変更はなく、裁判長は無罪という意見だったので、五対四で、有罪が決まった。

「引き続いて、量刑に入ります」

裁判長は隣の陪席裁判官に、刑罰について説明するように言った。

「本事件の刑罰の適用は刑法百九十九条です。ひとを殺した者は、死刑または無期もしくは五年以上の懲役に処するということです」

私は死刑という言葉に息を呑《の》んだ。

「それでは、どなたかご意見を仰っていただけますか」

裁判長がきくと、即座に西羽黒吾一が口を開いた。

「もちろん、死刑です。ひとをふたりも殺し、その上、否認している。ひとを殺したという反省がない。これでは、殺されたふたりが浮かばれませんよ」

「そのとおり」

稲村久雄が大きな声で言う。

「最近は、ちょっとしたことで、すぐひとを殺す。この被告人の場合、罪を認めて反省しているならともかく、まったく反省の色がない。最高刑で裁くのが妥当です」

「私も死刑です」

広木淳が口許に笑みを浮かべた。

「被害者にも落ち度がありますから、死刑は酷《こく》だと思います」

古池美保が言うと、稲村が、

「被告人は反省していないんだ。反省のない人間には厳しく当たるべきだ」

と、強い口調で言う。

「それに死刑でなければ、無期懲役しかない。だが、無期懲役ってのは、終身刑じゃない。二十年足らずで、仮釈放で刑務所から出て来られるのだ。いいですか。二十九歳の被告人は五十歳前にはふつうの生活が出来るようになる。殺された富子より若い年齢だ。富子は先を断たれたのに、殺した者は富子の残り以上の人生を送ることが出来る。こんなばかなことがありますか」

稲村久雄は怒りを露《あらわ》にした。

「そうです。私もかねてから日本の法律は犯罪者に甘いと思っていました。たとえ、ひとりしか殺していなくても、ひとを殺した者は死刑にすべきですよ。そうじゃなければ、被害者が浮かばれない。我々は、何もしていない人間を死刑だと言っているのではない。ひとをふたりも殺したけだものに対して死刑だと言っているんです」

西羽黒吾一は強引に言う。

「金沢さんはいかがですか」

「殺されたひとの身になれば、犯人が憎くてならないと思います。私も死刑で、仕方ないと思います。無期懲役だと、いつか社会に復帰するわけでしょう。殺されたひとは、もう二度と社会に復帰出来ないのに、殺した人間が復帰出来るなんて不公平だと思います」

「堀川さんはいかがですか」

「私は被告人を無罪にすべきだと思っているのです。無実の人間を死刑には出来ません」

私は興奮して言う。

「私も同じです。被告人は無実なのですから、死刑だなんてとんでもありません」

古池美保は身を乗り出して言った。

「私と古池さんは被告人を無実だと思っています。それでも、死刑判決した裁判員ということになるのですか」

私は抗議した。

「裁判員はいちおう一体ですから」

「新聞記者の会見があったら、私と古池さんは死刑判決に反対したことを話してもいいんでしょうね」

「それは出来ません。守秘義務違反になります」

裁判長が冷たく言う。

「そんなこと、おかしいんじゃないですか。私と古池さんは死刑には賛成していないんですよ」

「君は死刑廃止論者なのか」

稲村久雄が大声を出した。

「そうじゃありません。ほんとうに被告人が犯人なら死刑もやむを得ないと思います。でも、私は被告人が犯人だと確信出来ないんです。それゆえに、死刑を支持することは出来ないのです」

私はさらに続けた。

「死刑の選択は全員一致にするか、そうでなければ、死刑を反対した者だけは、その表明をさせてください」

「お気持ちはわかりますが、それは出来ません」

裁判長はうんざりしたように言う。

「もし、これが冤罪《えんざい》だったら、どうするのですか」

「ちょっと君の意見はおかしい」

稲村久雄が私に顔を向けた。

「我々は、検察官、弁護人の出した資料をもとに判断しているのだ。仮に冤罪だとしても、どうして我々が責任をとらなくてはならないんだ。強引な判断をしたわけではない。冷静に判断して、有罪だということになった。つまり、有罪だと判断するほうが多かったということだ。我々は、検察官や弁護士の怠慢の責任を負うことはない。だから、死刑を支持しようが、支持しまいが関係ない」

「そうでしょうか」

私は言い返す。だが、すぐ稲村が説き伏せるように言う。

「いいかね。裁判員裁判は、言葉は悪いが一種のゲームなんだ。私はもともと裁判員制度には反対だった。だが、はじまったものは仕方ない。裁判員裁判は真実を明らかにする神聖な場ではない。黒か白かを決めるゲームだ」

「稲村さん。それは言い過ぎではありませんか」

裁判長がむっとしたように抗議する。

「いや、言い過ぎではない。そうじゃありませんか。いいですか。もし、ここに堀川さんや古池さんのようなひとがあと何人かいたら、被告人は無罪になっていたんじゃないですか。裁判員の人選によって被告人の運命が変わる。運、不運の問題です」

「稲村さんの仰ることはよくわかります」

西羽黒吾一が加勢する。

「この裁判を、他のメンバーでやったら、無罪になるかもしれない。常識的に考えれば、どの裁判員が裁いたとしても同じ結論にならなければおかしいでしょう。でも、きっと別の裁判員が審理したら違った結果になっていた可能性もあるんじゃないですか」

その主張からは、メールの相手が富子ではないかと気づいた自分の手柄を誇示するような態度が窺えた。

「そうだ。だから、ゲームだというのだ。考えてもみたまえ。公判前整理手続とかいって、あらかじめ争点を洗い出しているというが、そこでもメールの相手が母親の富子だったという事実は出て来なかったのだ。おそらく、弁護側はそのことを意図的に隠したのだろう。これひとつをとっても、真実を明らかにする場でないことが明白だ」

稲村久雄が決めつけるように言った。

裁判長は苦虫を噛《か》み潰《つぶ》したような顔をしている。

私は何か言い返そうとしたが、うまい言葉が見つからなかった。

「それでは、被告人が可哀そうだと、君は言うだろう。だが、真実は神のみぞ知るなのだ。そこまで我々が考える必要はない。それこそ、傲慢《ごうまん》というものだ」

私は稲村久雄の声をじっと聞いているだけだった。

「裁判員裁判について、今レクチャーする時間はありません。しかし、裁判に市民が参加をするという大きな意義があるのです」

裁判長が懸命に言う。

「司法への参加によって、裁判が新しくなるのです」

「聞こえのいい言葉ですが、実際は違いますね」

稲村久雄は冷笑を浮かべて続けた。

「裁判員にはいろいろな人間がいる。ひとを裁くにふさわしいかどうか。そんなものは関係なく、一般市民ということで選ばれているんだ。この裁判員裁判によって、真実が明らかになるなんて考えるのは夢でしかない。裁判員裁判とはそういうものだということだ」

私はただ虚《むな》しいだけだった。

被告人を有罪とした裁判員は全員死刑を支持し、裁判官のうち男性裁判官だけが死刑を主張した。

評議が終わった。

私は自分自身を納得させる言葉を見つけようとした。だが、見つけ出せないでいた。

「そろそろ行きましょうか」

裁判長の声で、私は我に返った。

法廷に向かう足取りは重い。

裁判員席に座って、被告人を見る。怯《おび》えたように、被告人はこっちに顔を向けた。

4

あれから、十日経《た》った。

私はひとりにしては広すぎる2LDKの部屋で六時に目を覚まし、そして、七時過ぎに葛飾《かつしか》区新小岩にあるマンションを出て、浅草橋にある会社に出勤するという日常に戻った。

店舗兼事務所には私と時田良、それにアルバイトがふたりいる。

仕事をしていれば、気は紛れる。だが、インターネットでの注文を調べたり、注文の品の発送作業をしていたり、あるいは店に訪れた客の応対が終わったあとなど、ふいに被告人の顔が蘇《よみがえ》ることがある。

裁判長が判決理由から読み上げたとき、被告人の顔は血の気を失い、それから紙のように白い顔が一瞬にして青黒くなった。

死刑を宣告するとき、主文をあとまわしにし、判決理由から読み上げることを、被告人は知っていたのだ。

だが、だんだん、元の白い顔に戻っていった。

判決理由を読み終わり、裁判長が主文を読み上げた。

「主文。被告人を死刑に処する」

その瞬間、被告人は笑ったような気がした。いや、そう見えただけだ。非常な衝撃はひとの心の均衡を破るものだ。

被告人は証言台からしばらく離れられないでいた。

死刑の声が裁判長の口から発せられたとき、傍聴席から悲鳴が起こった。被告人の母親であり、妹らしき女性だった。

「被告人は、この判決に不服がある場合には、判決の日から十四日以内に、東京高等裁判所に控訴を申し立てることが出来ます」

裁判長の声を、被告人は凍りついたような表情で聞いていた。

あのあと、被告人側はすぐに控訴をしたらしい。今度は高裁で審理が行なわれる。そこで、正しい判断が下されるか。

もちろん、私が被告人を無実だと思った判断が正しいとは言えない。しかし、有罪にしても、もっと深く掘り下げた審理の末に有罪になるならともかく、あのままでは不十分だったのではないかという思いは今も変わらない。

裁判員裁判のはじまる前に、公判前整理手続で、裁判長、検察官、弁護人の三者で、争点が洗い出されているという。

その段階で、事件の全容は完全に洗い出されていたのか。被告人がメールをした相手はほんとうに留美子だったのか。母親の富子がトラブルを抱えていることはなかったのか。

そのことがあやふやなまま評議をしなければならないことに、私はもどかしい思いをしていた。

裁判員裁判はそういうものだと、裁判員だった稲村久雄が割り切るように言った。そこで、誤判があろうが、それは公判前整理手続の問題だというわけだ。

また、稲村はこうも言った。裁判員に選ばれた人間によって、有罪か無罪か分かれることだってある。したがって、どういう人間が裁判員に選ばれるかによって、被告人にとって運、不運がある。だから、ゲームだと、彼は言った。

あの事件について、まったく別の裁判員が評議をしたら、同じように有罪になっただろうか。そのことはわからないが、稲村の言うこともある意味当たっているようだ。

結局、裁判員裁判とは、市民が司法に参加をするという意義の反面、被告人が運、不運をしいられる制度だと思うしかないのかもしれない。

私は裁判員になったことで、心の晴れない毎日を送るようになった。少なくとも、私は有罪に賛成していないことを公にしたい。死刑判決に与《くみ》しなかったことを知ってもらいたい。

だが、それをすれば守秘義務違反になるという。私は自分の信念において、被告人は無罪だったと信じている。

私は裁判のあとに恒例となった記者会見に出席しないことにした。出席すれば、私は不満を述べただろう。それは、守秘義務違反に該当するかもしれない。

しかし、実際は記者会見は開かれなかった。裁判員全員が記者会見を拒絶したのだ。私と古池美保は死刑判決に加担したと思われたくないという理由だったが、他の四人は死刑を宣告したという心の重さのせいだったに違いない。

彼らは自分の良心に従い、今まで生きてきた価値観に照らして、勇気をもって死刑を選択したのだ。それでも、ひとに死を迫る判断を下したことには、相当な重圧を感じていたのに違いない。

店の中で、インターネットで注文を受けた商品の発送作業をしながら、私は今も、あのときの被告人の顔を思い出す。そのたびに、胸が締めつけられる。

ふと人影が射した。顔を上げると、千佳が立っていた。

「あなたでしたか」

私は荷造りを終えた品物を脇に寄せた。

気をきかせたのか、時田が部屋を出て行った。

「お忙しそうですね」

「先々週、休んだぶんの仕事が溜まっているんです」

私はため息をついた。

そして、私は用件を聞くために、彼女の顔を見た。

「まだ、彼女は何かを要求しているのですか。まさか、今度は慰謝料を寄越せと言っているんじゃないでしょうね」

裁判が終わり、裁判員から解放された翌日、私は離婚届に署名、捺印し、受け取りに来た千佳に渡したのだ。

彼女はそれをさっそく美緒子のもとに持って行った。

「そんなこと、彼女は言いませんよ」

千佳は苦笑して言う。

「お茶でもいれましょう。どうぞ、そこにお座りください」

「私、いやな役目を引き受けたと思っています」

椅子《いす》を引いて、彼女は腰を下ろした。

「私と彼女の間に立って、正式離婚をさせたことですか」

「ええ」

「別に、あなたのせいではない。でも、あなたって不思議なひとだ。どうして、そんな頼みを引き受けたのか。本来なら、彼女がじかに私に言ってくるべきなのに」

「そうですね」

私はお茶をいれた。

「彼女と結婚した頃のことを覚えています？」

千佳が湯飲みを引き寄せて言う。

「もう十五年も前のことですよ」

私も向かいに座った。

「そのとき、彼女には……」

「やめましょうよ。そんな話。それより、あなたはまだ結婚なさらないのですか」

千佳は三十九歳になるが、まだ独身だった。

「私たちを見ていて、結婚に幻滅を覚えたんじゃないでしょうね」

私は冗談混じりに言う。

「いえ、ただ、結婚したいと思うような男性にめぐり合えないだけ」

「それが結婚に幻滅している証拠ですよ」

「子どもがいたら、彼女もあんな真似はしなかったと思うんです」

「子ども……」

一度、美緒子は妊娠したのだ。私は喜んだ。が、その喜びは束《つか》の間《ま》だった。彼女は流産したのだ。

それから、子どもは二度と出来なかった。

「彼女、相手の母親にずいぶん尽くしているわ。それは十分過ぎるほど」

「私の母との同居を拒んだくせにね」

私は自分でも顔が歪んだのがわかった。

「そうね。それは、彼女が悪いわ。でも、彼女、あなたとふたりだけの生活を楽しみたかったのよ。それに、あなたのお母さんは、彼女との結婚に反対だったんでしょう」

「それは……」

私は言いよどんだ。

確かに、私の母は彼女との結婚に反対した。理由は、彼女につきあっていた男がいたからだ。

もし、私と知り合わなければ、彼女はその男と結婚していたかもしれない。

他の男に走るような女は信用出来ないというのが、母の反対理由だった。今から思えば、母の勘は当たっていたといえる。

美緒子は昔つきあっていた男と再会したことがきっかけで、その男、沖田某《なにがし》のもとに走ったのだ。

「彼女、ほんとうにそのひとといっしょに暮らしたいのかしら。まるで、母親の看病のためだけにいっしょになったみたい。そう思いません？」

「あなたの言っていることがわからない」

「ええ。わからないでしょうね。一度、彼女に会ってみたらいかがかしら」

「そんな必要はない。彼女の使い走りをしていたあなたに言われたくない」

私はきっぱりと言った。怒気を含んだ言い方だったことに、私はすぐ気づいた。

「すみません。あなたに当たるつもりはなかったんです」

「いえ」

千佳は静かに立ち上がった。

「また、来ます。失礼しました」

気まずい別れ方をしたと思ったが、追いかけて行く気力もなかった。

いらついている、と私は自分でも思っている。やはり、死刑判決のことがしこりとなっているのだ。

裁判員を経験したことで、私は何かとんでもない重荷を背負わされたようになった。今では、あの事件の裁判員になったことを悔やんでいる。

単に死刑判決だったから、このように落ち込んでいるわけではない。評議で、新たに提出された疑問点についてはなんら検証されることなく、判断をしなくてはならなかったことに、私は歯がゆい思いをしている。

その夜、私はマンションに帰って、すぐに無意識のうちにテレビのスイッチを入れた。ひとり暮らしになってからの習慣だった。静かなのがたまらなくいやなのだ。

そのまま、トイレに行き、出てからうがいをし、手を洗う。

自分でも気持ちが沈んでいるのがわかる。時間が経ち、裁判員の記憶が薄れていくのを待つしかないのか。

私は惰性のように背広を脱ぎ、ジャージに着替える。テレビでは七時のニュースがはじまった。

夕飯の支度《したく》をするために、私は台所に向かう。そのとき、何者かに背後から肩を摑《つか》まれたように衝撃を受けて立ち止まった。

アナウンサーの声が耳に増幅されて入ってきた。

「きょうの昼前、小菅《こすげ》の東京拘置所で、拘置中の木原一太郎被告人が首をつって自殺を図りました。木原被告人はただちに病院に運ばれましたが、意識不明の重体ということです」

アナウンサーの声が聞こえなくなった。私の耳から一切の音が遮断され、ただ耳鳴りのような音が聞こえるだけだ。

私は今聞いたことを思い返そうとしたが、思い出せない。何かとんでもないことを聞いたようだが……。

私は深呼吸を二度繰り返した。やがて、音が蘇ってきた。

テレビの画面に何かが映っている。空からの眺めだ。大きな建物である。それが、東京拘置所の全景だとわかった。

なぜ、拘置所が……。私はただ呆然《ぼうぜん》と画面を眺めていた。

また、木原被告人の名が聞こえた。木原被告人はシーツを縦長に幾本も裂いて、それを縒《よ》って紐状にして輪を作り、片方をベッドの端にくくりつけ、もう一方を自分の首に巻き付けて、座った形で意識を失っていたという。

壁に、自分の血で、「むじつ」と書かれていたようだ。

後頭部へ激しい衝撃を受けたように、私はあっと叫び、そして現実を理解した。

木原一太郎が自殺を図ったというのだ。意識不明の重体だという。

私は顔から血の気が引くのがわかった。

木原一太郎の弁護人だった横田弁護士がマスコミの取材に答えている。深刻な顔つきなので、私の不安は増した。

助かるだろうか。

なぜ、自殺を図ったのだ。有罪にされたことへの抗議か。木原一太郎の怒りの目が自分にも向けられているような気がした。

もし、木原一太郎が無実だとしたら……。私は冷水を浴びたようになった。たとえ、私が無実という判断をしたとしても、そんなことは木原一太郎には関係ない。私も死刑宣告に与したひとりでしかない。

しかし、罪の意識に苛《さいな》まれた末の行為だということも考えられる。あるいは、死刑宣告されたことですべてに絶望したとも。

いや、絶望したことに間違いない。無実であるなしにかかわらず、死刑宣告されたことの衝撃は他人の想像を絶するほどであろう。ましてや、無実だとしたら。

やはり、彼は無実だったのではないか。私は、ますます無実だったように思えた。

私の頭の中で何かが暴れている。いらだちを覚えた。

評議で無実を主張した私でさえ、衝撃を受けたのだ。死刑を主張した稲村久雄や西羽黒吾一らはどんな思いでいるのか。

出来ることなら、今直面した苦悩を皆で分かち合いたい。だが、もう裁判員としての役目は終わっている。あのときの裁判官や裁判員たちとは縁が切れている。裁判員たちの連絡先は知らないのだ。

今、目の前に突きつけられた難題に対して、ひとりで立ち向かうしかないのだ。

私は途方に暮れた。美緒子から離婚を言い出されたときの衝撃とは異質のものだ。気がついたとき、九時をまわっていた。夕飯もとらず、二時間近くも、意識を失ったような状態でいたのだ。

何も食べていないのに空腹感はなかった。

ベッドにもぐり込んでも、木原一太郎のことが頭から離れない。

あれやこれやといろいろなことが無意識のうちに頭の中に浮かんでは消えて行く。被告人席に座っていた姿や傍聴席にいた母親と妹らしき女性の姿。

そして、検察官と弁護人とのやりとり。

被害者宅へ行ったとき、すでに被害者は死んでいたと、彼は証言した。その可能性はゼロではない。

富子だ。富子がトラブルを抱えていたのだとしたら、事件の様相は一変する。警察はこのことを再捜査したのだろうか。

気づいていないだろう。いや、仮に気づいたとしても、捜査はしないだろう。自分たちのミスを認めるようなことをするはずはない。

私は何度も寝返りを打った。

裁判員の心のケアをするところがあると聞いたことがある。しかし、そこに相談しても、何の益にもならないと思う。

ただのなぐさめを言われるだけだ。

今、必要なのは真実を知ることだ。あの事件の真実。そして、自殺を図った理由だ。このままでは、私は一生、黒くどろどろしたものを呑み込んだような不快な思いで、過ごしていかなければならなくなる。

眠ってはすぐ目が覚めるということを繰り返しながら、朝を迎えた。

5

あまり寝ていない。だが、朝早々と、ベッドから起き出した。気温は低かった。明日からもう十二月だ。

テレビのワイドショーでも木原一太郎の自殺を取り上げていた。この事件は、裁判員裁判としてははじめて死刑判決が出た裁判だと話している。

死刑判決が出たあと、木原一太郎の妹は結婚が破談になったと、キャスターが話していた。

弟も会社を辞《や》めていたという。木原一太郎のために、一家が皆、不幸になっていた。

食欲もなく、牛乳だけを飲んでから、マンションを出た。

総武線新小岩駅からJRで浅草橋に向かう。車窓の風景を眺めながら、私はなぜか、ふと千佳の言葉を思い出した。

美緒子は沖田某の母親に献身的な介護をしているという。私の母とはだめだったくせに、今の男の母親には別人のような姿を見せている。

そのことには不快感を禁じ得ないが、私や私の母を見捨てたこととの埋め合わせでもしているのか。美緒子が沖田某の母親のために尽くしていることは事実のようだ。

こんなときに、なぜ、美緒子のことを思い出したのか。私は、低く呻《うめ》いた。周囲の乗客が訝《いぶか》しげな目を向けた。

電車は隅田川《すみだがわ》を渡って行った。

浅草橋で降り、浅草橋四丁目の神田川《かんだがわ》にかかる左衛門橋《さえもんばし》に近い所にある店舗に行くと、時田良が来ていた。

「おはよう」

時田はいつものように元気な挨拶《あいさつ》をした。

「時田。すまないが、きょう休ませてもらえないか」

先々週、裁判員裁判のために四日間、休んだ。やっと復帰して十日ほどで、また休みをとることに負い目を持った。

「奥さんのことか」

きのう千佳がやって来たので、別れた妻のことで急用が出来たと思ったらしい。

「違うんだ」

私は、時田にだけは話したいと思った。死刑判決には加担していないのだと、つい口をついて出そうになった。

思い止まったのは、守秘義務云々のせいではない。まず、事実を知ることが先決だと思ったのだ。

裁判所で心のケアを受ける気はなかった。そこで、本質的な問題の解決がなされるとは思えない。

事実を知るには、横田弁護士だ。

「ほんとうに、すまないと思っている」

「気にするな」

私は事務所の机の電話を使い、弁護士会の事務局に電話をした。そこで、横田宗一《そういち》弁護士の事務所の場所を聞いた。

事務所は神田多町《たちょう》にあった。

電話をかけずに直接顔を出したほうが会える可能性が高いと思った。

「じゃあ、頼んだ」

私は時田に声をかけて、店を出た。

JR浅草橋駅まで歩いて五分ちょっと。そこから秋葉原乗り換えで神田に行った。

神田多町二丁目に行くと、横田宗一・牧原浩二《まきはらこうじ》合同法律事務所という看板が、ビジネスホテルの向かいに見えた。

二階だ。私はエレベーターを待たず、非常階段で二階に上がった。

法律事務所が幾つか並んでいた。その真ん中に、横田弁護士の事務所があった。

インターホンを鳴らしてから、私はドアを開けた。

受付に若い女性が座っていた。

「横田弁護士にお会いしたいのですが」

私はくるりとした丸い目を見ながら言う。

「お約束ですか」

甘ったるい喋り方をする。

「いえ。私は木原一太郎の裁判で、裁判員をした者なのです。そう仰っていただければわかると思います。至急、横田先生にお会いしたいのです」

私の熱意が伝わったのか、それとも私の剣幕に恐れをなしたのか、受付の女性は、

「少々、お待ちください」

と言い、急いで奥に向かった。

右と左で、ふたりの弁護士の執務室が分かれているようだ。女性は左に消えた。

すぐ、戻って来た。

「どうぞ」

私は女性のあとについて、横田弁護士の執務室に入った。

法廷で会った横田弁護士がひじ掛け椅子を回転させて、私を見た。

「私はこの前の裁判で裁判員をやった堀川恭平です」

私は妙に懐《なつ》かしい思いで言った。

「あなたを覚えていますよ」

横田弁護士が暗い表情なのは、木原一太郎の容体が深刻だからだろう。

「どうぞ」

椅子に座るように促《うなが》した。

「先生。木原さんの容体はいかがですか」

座るのももどかしく、私はきいた。

「集中治療室に入ったままです。危険な状態であることは間違いありません」

横田弁護士の声は沈んでいた。

「抗議のために、自殺を図ったのでしょうか」

「抗議というより、絶望でしょう。そんなに強いひとではありませんから。いや、ガラスのような心臓をしていると言ってもいいかもしれない。それに」

横田弁護士は言いよどんでから、続けた。

「妹さんの結婚が破談になり、弟さんも会社を辞めさせられたそうです。そのこともショックだったのでしょう」

私は目眩《めまい》がした。

横田弁護士は不審そうな顔を向け、

「あなたは、そのことを確かめに？」

「ええ。じつは私は木原さんは無実だと思っていましたから」

私は気を取り直して言った。

「無実？」

「そうです。評議で、私ともうひとりが……」

「お待ちなさい。評議の内容を話すことは守秘義務違反になりますよ」

横田弁護士が遮《さえぎ》った。

「弁護士の先生にもですか。それも、被告人の弁護人だった先生にも？」

私はあえて挑むように言った。

「裁判員のひとりがこんなことを言っていたと、私がマスコミの前で話したらどうなりますか」

私は返事に迷ったが、

「先生がそんな真似をするはずはありません」

と、横田弁護士の顔を見つめて言った。

横田弁護士は苦笑し、

「あなたのお話を伺いましょうか」

と言い、真顔になった。

「私は、評議の内容をばらそうなんて気持ちは毛頭ありません。ただ、評議の過程で気になったことを、検察官なり横田先生が気づいているのかどうか。そのことが気がかりだったのです」

「なぜですか」

「私が、木原さんを無実だと思っている、その根拠です」

横田弁護士の顔色が変わった。

「どういうことですか」

「やっぱり、裁判長から何も聞いていないんですね」

私は落胆した。

「裁判長から話があるはずはありません。いったい、どのようなことですか」

「その前に、先生はほんとうに被告人を無実だと思っているのですか。それとも、被告人が無実だと訴えているから、それに沿った弁護をしているだけなのですか」

私は失礼を承知できいた。

「もちろん、無実だと信じています。だから、すぐに控訴したのです」

横田弁護士が憤然として言う。

「わかりました。じゃあ、お話しします」

喉がいがらっぽくなって、私は咳払いをしてから、続けた。

「木原さんがメールをしていた相手が留美子ではなく、母親の富子だったのではないかという疑いです」

横田弁護士は不思議そうな顔をした。何を言っているのか、とっさには理解出来なかったようだ。

私は説明する。

「留美子の送ったメールの内容に、天皇誕生日とかアベックとか、三十代前半の留美子が使うにしては不自然な言葉づかいが見つかったのです。これは、ある裁判員の指摘で明らかになったのですが、そのことから、メールの相手は留美子ではなく、富子だったのではないかという疑いが生じたのです」

「ちょっと待ってください」

横田弁護士はあわてた様子で、ファイルに綴《と》じられた資料を引っ張り出して広げた。

食い入るような顔つきで、横田は書類に目を落としていた。

何度か、呻き声を発した末に、ようやく顔を上げた。

「あなたの仰るとおりです」

横田弁護士は興奮していた。

「まず、このことを木原さんが気づいていたかどうか」

私は確かめた。

気づいていたとしたら、木原には不利になる。騙されていたという怒りは大きかっただろうから。

「いえ、気づいてはいません。彼は嘘がつけない。嘘をついていたら、わかります。彼はメールの相手を留美子だと信じきっていたはずです」

「木原さん以外に犯人がいるとすれば、誰か。警察は留美子の周辺を調べて怪しい人間はいなかったと判断したようですが、母親の富子はどうだったのでしょうか。もし、メールの主が富子だとしたら、木原さんに対して平然と嘘をつくような人間です。他にも嘘をついていた相手がいたかもしれません」

横田弁護士はしばらく考え込んでいた。

もし、横田弁護士が公判前整理手続の段階でこのことに気づいていたら、もっと裁判は違った展開になっただろう。なぜ、警察や検察、そして横田弁護士はこのことに気づかなかったのか。そのことが不思議でならない。

先入観かもしれない。てんから、木原一太郎のメールの相手は留美子だと思い込んでいたのだ。

　そのことが真実への視界を曇《くも》らせていたのかもしれない。

　横田弁護士が顔を上げ、

「いずれにしろ、まず、木原さんが回復してくれなければ……」

　と、困惑ぎみに言う。

「ええ、もちろんです。でも、真相の究明はしておくべきではありませんか」

　私は訴えた。

「そうですが、警察が動いてくれなければ、どうにもなりません。たぶん警察は動いてくれないでしょう」

「どうしてですか」

「もし、あなたの仰ったことが事実だった場合、警察は重大な捜査ミスを犯したことになります。そういったことを認めるはずはありません」

　横田弁護士は力なく言う。

「じゃあ、先生の力で真相を？」

「無理です」

　横田弁護士は即座に首を横に振った。

「私ひとりでは、限界があります。控訴審がはじまれば、高裁で、そのことを主張出来ますが、今は富子のことを調べることは出来ません」

「なぜですか」

私は反発を覚えた。

「近所のひとや富子の知り合いにきけば、何か手掛かりは摑めるんじゃありませんか。事件の標的が富子だったという視点で訊《たず》ねて回れば、新しい証拠が見つかるんじゃないですか」

「まあ、やってみますが」

横田弁護士はためらいがちに言ってから、

「木原一太郎の家族に会いに行くのも守秘義務違反になる恐れがありますよ。家族に、評議の中身を打ち明けることは出来ません。会いに行くのはやめてください」

と、釘《くぎ》を刺した。

「どうしてですか。家族に、希望を持たせてあげてはいけないんですか」

またも反発を覚え、私は抗議するように言った。

「裁判員の中で、誰が死刑に賛成したか、家族に知らせることになりますよ。あなたは、自分は関係ないと思っているかもしれませんが、死刑判決を下した裁判員のひとりであることに変わりはないのです」

「冗談じゃない。私は死刑判決に与していません。それより、守秘義務云々ではなく、真実を発見することのほうが大切なのではありませんか。もしこれが冤罪だったら、どうするのですか」

「ともかく、他の裁判員のことも考えてやることです」

横田弁護士に積極的な姿勢は見られなかった。

察するに、木原一太郎が自殺を図ったことが影響しているようだ。生死もわからない状況で、真相を調べても無駄に終わってしまうかもしれない。そんな思いを抱いているのではないか。

所詮《しょせん》、この弁護士も己の利益のために動く人間でしかないのかもしれない。そうだ、もっと真剣に被告人のために弁護しようとしたら、メールの内容の不審に気づいたのではないか。

口では、木原一太郎の無実を信じていると言ったが、本音は違うのかもしれない。

執務机の上の電話が鳴った。

横田弁護士は救われたような顔で素早く受話器を摑んだ。

「わかった」

受話器を耳に当て、すぐに答えた。受付からのようだ。

「来客です。何かわかったら、こちらから連絡します。連絡先を教えていただけますか」

横田に言われ、私は名刺を差し出した。

私は追い払われるように執務室を出た。

あの弁護士は木原一太郎を心底信用していなかったのではないか。私にはそう思えてならない。

あるいは、信用していたが、もう木原一太郎は控訴審の被告人席に立てない。その思いが調査に消極的にさせているのか。それとも金にならないからか。

私は警察、あるいは検察庁に行ってみようかと思った。だが、思い直すのに時間はかからなかった。

警察が私の訴えを本気で聞くとは思えない。自分たちに不利になることを、あえてするはずがない。

帰りの電車の中でも私は自分の体が揺れているような錯覚がし、あわてて吊《つ》り革に手を伸ばした。頭の中が真っ白になっていた。

証言台から、すがるような目を向けていた木原一太郎の顔が蘇る。

木原一太郎は無実だったのか、それとも有罪で間違いなかったのか。それを知らない限り、私は救われないと思った。

6

翌日の昼間。

私は練馬区桜台七丁目の並河留美子の家の前に立った。

いや、正確には、家があった場所の前だ。今は更地になっている。

事件から八カ月以上経ち、あの惨劇の痕跡はまったくなかった。あの夜、ここで何があったのか、もうそのことさえ遠い過去のことのようだった。

私は空《あ》き地の前に立ち、改めて事件を思い出した。あの夜、被告人の木原一太郎は八時半頃、門の脇にあるインターホンを押した。

その音と共に犬が吠えるはずなのに、犬の鳴き声はしなかった。

そういえば、あの犬はどうしたのだろうか。飼い主を失った犬は今、どうしているのだろうか。

私は、隣家の門の前に立った。郵便受けに、伊丹とある。証言台に立ったのは、確か伊丹いさ子という名だった。

私はインターホンを押した。いきなり、犬が吠えた。なるほど、並河留美子の家を訪問した客も、このように犬の鳴き声を聞いたのだろう。

「はい」

応答があった。

「すみません。伊丹いさ子さんはいらっしゃいますか」

「何ですか。営業ですか」

突慳貪《つっけんどん》な声が返って来た。

「違います。私は先日の裁判で、裁判員をやった堀川と申します。ちょっと、お話をしたいのですが、お時間をいただけないでしょうか」

すぐには返事がなかった。警戒しているのだと思った。

「決してご迷惑をおかけすることはありません。私は裁判員だった……」

「すみませんが、お引き取りください」

インターホンの向こうの女性は突き放すように言った。

「ちょっとだけでいいのです」

「迷惑です」

「では、ひとつだけ教えてください。お隣の家は誰が壊したのでしょうか」

「松川《まつかわ》さんですよ」

「松川さんというと?」

「富子さんの面倒をみていた男のひとの息子さんです。ごめんなさい。忙しいの」

「あっ、もうひとつ。並河さんが飼っていた犬は今、どうしているのでしょうか」

「松川さんが引き取ったみたいですよ」

「そうですか。わかりました。ありがとうございました」

何とか必要最小限のことを聞き出し、私は礼を言って門前から離れた。

警戒されるのも無理はないと思った。証言台に立っただけなのに、裁判が終わったあと、裁判員だったと称する男がやって来たのだ。

彼女にしたら、裁判員の人間性をまったく知らないのだ。

私は、再び隣の空き地の前に立った。

建物を処分したのは富子の面倒をみていた男の息子だという。この家と土地は並河富子のものではなかったようだ。

家と土地は、富子が旦那から贈られていたのではなく、名義はあくまでも旦那になっていた。

松川の息子は、父親が死んだあと、父親の愛人から家を取り上げようとしなかったのか。立ち退《の》きのことで、その息子と富子の間にはトラブルはなかったのだろうか。

私は松川の息子に会ってみたいと思った。だが、連絡先はわからない。横田弁護士に訊ねても教えてくれないだろう。

区役所か、あるいは法務局に行ったら、あの土地の所有者の松川の住所を教えてもらえるのだろうか。

駅に近づくと、不動産屋があった。

私は思いついて不動産屋の扉を開けた。

カウンターの中にいた年配の女性に、

「この先の桜台七丁目三番地に空き地がありますね。八カ月ほど前に殺人事件があった場所ですが、あの土地は売りに出ているのですか」

と、きいた。

「いえ、うちでは扱っていませんが、出ていないと思いますよ」

そう言ってから、その女性は背後にいる所長らしき男に声をかけた。

「並河さんのとこの土地、売りに出ていませんよね」

頭髪の薄い男が顔を上げ、

「まだ、出ていませんね」

と、私に向かって大きな声を出した。

「所有者はどなたなのですか」

私はきいた。

急に、所長らしき男が警戒ぎみになった。

「わかりません」

突慳貪な言い方に変わった。

知っているが、教えないという態度のように思えた。

ここで、事情を説明してもわかってもらえるとは思えない。今は個人情報を勝手に第三者に教えてはならないのだと、私は自分に納得させるしかなかった。

私は虚しく不動産屋をあとにした。

あとは……。富子の友達だ。なんでも話し合える友達がいたはずだ。その友達を訪ねれば、松川のことがわかるかもしれない。

だが、その友達をどうやって捜すかとなると、思案に余った。

思いついたのは犬仲間だ。毎日、富子は犬を散歩させていた。そこで知り合った人間も多いはずだ。

私は再び並河富子の家の跡地まで戻り、そこから公園のほうに足を向けた。

公園に、犬を散歩させている六十前後の女性がいたので、近づいて行った。黒っぽいカーディガンを着た肥った婦人である。

犬は白と茶の毛並み、ふさふさした耳が立っている。パピヨンだ。並河富子が飼っていた犬と同じ種類だった。

犬が尾っぽを振って私を見た。

「よしよし」

私は頭をなでた。

「可愛いですね」

「甘えん坊で」

女性が答える。

犬を褒めれば、飼い主はだいたい心を許してくれる。

「パピヨンですね。並河さんのところの犬と同じだ」

「あら、並河さんをご存じ？」

「ええ、ちょっと。じつは、並河さんがあんなことになって驚きました」

「そうよね。驚いたわ」

「さっき家の前を通ったんですが、建物は取り壊されていますね」

「ええ。持ち主があんな事件のあった家だから、縁起が悪いと言って壊してしまったそうですよ」

「持ち主って、あの家は並河さんのものではなかったのですか」

私は話の接《つ》ぎ穂《ほ》のために、わざとそうきいた。

「違いますよ」

「じゃあ、世話をしていた男性の名義のままだったんですか」

「あら、知っているの」

「ええ。留美子さんから聞いたことがあります。てっきり、旦那が亡くなったあと、あの家は富子さんのものになったのだと思っていたんですけど」

「それが違うみたい。手切れ金代わりにもらうんだと言っていたけど、倅《せがれ》がよけいな口出しをしてきたって、富子さん、こぼしていたもの」

「こぼしていた？」

「ええ。旦那の息子が、あの家を取り上げようとしていたらしいわ。旦那はいずれ富子さんの名義にするはずだったらしいけど」

私は動悸《どうき》が激しくなった。

「じゃあ、旦那の息子と富子さんの間でもめていたんですか」

「もめていたというほどでもないでしょうけど、富子さんは絶対出て行かないわって言ってました」

どの程度のトラブルかはわからないが、少なくとも、松川の息子と富子の間で、家をめぐってもめていたのだ。

この発見に、私は興奮した。

「富子さんが飼っていた犬は、どうしたんでしょうか」

「旦那の息子が連れて行ったらしいわ。もともと、あの犬は、旦那のところで飼っていた犬が産んだ子どもだから」

血が逆流し、私は体が燃えるように熱くなった。

その婦人にどう挨拶して別れたか覚えていないほど、私はあることに没頭した。

私はひとりになれるところを探した。落ち着いて、考えを整理したいのだ。

西武《せいぶ》池袋線桜台駅から電車に乗った。ドア付近に立ち、外を眺めながら、事件を整理した。

松川という富子のパトロンの息子は、自分の父親が亡くなったあと、富子からあの家を取り上げようとしたのだ。が、富子は自分がもらったのだと主張し、家から出て行こうとしなかった。

これは、推測になるが、松川のほうは、ずっと住み続けるなら家賃を払えと言ったのではないか。当然、富子は拒否するだろう。

両者が激しくいがみあっていたことが想像される。

幾つか、駅に止まったようだが、いつの間にか池袋に着いていた。無意識のうちに、私はホームに降り立ち、気がつくと山手線《やまのて》に乗っていた。

やはり、同じようにドア付近に立ち、外を眺めながら考えた。

あの事件の火種はずっとくすぶっていたのだ。そして、ついにあの夜、爆発したといえないか。

松川は八時前に、富子の家を訪れた。そのとき、インターホンの音で、犬が吠えた。

家に入った松川は富子と話し合った。当然、家の立ち退きか、家賃を払うように、松川は迫っただろう。富子は拒絶する。

話し合いの最中に、ふたりは台所へ移動したか、あるいは最初から台所で話し合っていたのか。

その話し合いの最中に、かっとなった松川は流しに出ていた包丁で、富子の心臓を突き刺した。そして悲鳴に驚いて駆けつけた留美子に襲い掛かり、逃げる彼女を追って、応接間で背後から、さらに胸を突き刺したのだ。

犯行後、松川は台所に行き、流しで包丁の血を洗い流し、手や顔についた血を落とした。その間、犬はどうしていたか。

足元に、まとわりついていたのではないか。松川には懐いているはずだ。

洗いおわったあと、松川が犬を抱き上げた。

そのとき、インターホンが鳴った。だが、犬は松川の腕の中であやされていて、吠えることはなかった。

松川は犬を抱いたまま、どこかに隠れた。

やがて、木原一太郎が入って来た。そして、応接間で留美子の死体を発見した。それから、台所を覗《のぞ》き、富子が倒れているのを見て、逃げ出したのだ。

松川は犬を放し、自分は勝手口から外に出て、庭の塀を乗り越えて逃げた。

電車は駅に着くたびに、乗客が乗り降りし、入れ代わる。だが、私はそんな光景も意識

うがない。

そうだとしたら、なぜ、警察はこのことに気づかなかったのか。先入観だとしかいいよ

ビルが密集している風景を眺めながら、今自分が考えたことを反芻《はんすう》する。

に入らなかった。

警察ははじめから木原一太郎を犯人と決めつけていたのだ。

その上で、松川から事情を聞いても、真実を見極められなかったに違いない。死人に口なしで、あの家は自由に使ってもらっていると、松川は警察に話したのかもしれない。つまり、松川と富子は友好的な関係だったという印象を持っただけなのだ。

仮に、木原一太郎の存在がなければ、警察も松川と富子の関係をもっと深く追及したかもしれないが、最初から容疑者が浮かんでいたのである。ここに、大きな落とし穴があったのだ。

私は自分の考えに胸を高ぶらせながら、その一方で冷や水を浴びせられたような気持ちにもなった。

警察が私の考えを採用するはずがないという冷たい事実に思い至った。

証拠がない。あくまでも、想像での産物に過ぎないと一蹴《いっしゅう》されるだろう。私は、今さらに、木原一太郎の無実を証明するためのハードルが高いことに気がついた。

やはり、横田弁護士に話すしかない。しかし、その横田に期待は持てない。私は絶望的

な気持ちになった。

7

私は浅草橋に着いてから、すぐには会社に向かわず、途中にある喫茶店に入った。

コーヒーを飲みながら、これからのことを考えた。

まず、富子の旦那だった松川という男の息子を捜すことだ。その男に会ったとしても、正直に答えるはずはないだろうが、まず居場所を見つけ出さなければならない。

警察や横田弁護士を当てには出来ない。自分でやるしかない。法務局に行けば、第三者でもあの土地の登記簿を見ることが出来るだろうか。

結局、よい考えが浮かばないまま喫茶店を出て、会社に向かった。

事務所に入って行くと、

「さっき古池さんという女性から電話があった。また、掛け直すそうだ」

と、時田が言った。

古池という名で心当たりがあるのは裁判員だった古池美保だ。

彼女も木原一太郎を無実だと考えていた。彼女も心穏やかではないのだろう。彼女は横田弁護士のところに電話を入れ、私の連絡先を聞いたのだと思った。

それから一時間後に、古池美保から電話があった。

「裁判所でごいっしょした古池です」

懐かしい声に、私も弾《はず》んだ声で答える。

「よくお電話くれました。私も、あなたとお話がしたかったのです」

「よかった。横田弁護士から堀川さんもやって来たとお聞きし、どうしてもあなたとお話ししたいと思ったのです」

「私はいつでも」

「きょう夜勤なんです。明日の昼間、お時間の都合はつくでしょうか」

「だいじょうぶです、何時でも。どこで？」

「どこでも構いません」

「病院はどちらですか」

「九段下《くだんした》です」

「では、グランドパレスの喫茶室ではいかがでしょうか」

「わかりました。十一時には行けると思います」

「では、明日、十一時に」

私は約束をして電話を切った。

時田が聞き耳を立てていた。にやりと笑ったのは、何か勘違いしているようだった。

翌日の十時半をまわった頃に、私は九段下のグランドパレスに着いた。

一階の喫茶室に入り、奥のガラス張りの窓際のテーブルに入口を見通せるように座った。

私は今し方、横田弁護士の事務所に電話をし、木原一太郎の容体をきいた。まだ、意識不明で、危険な状態が続いているという。

注文したコーヒーが届いた。一口すすったが、さっきから心臓の鼓動が激しく、落ち着かなかった。

十一時十分前に、古池美保がやって来た。

「お待たせしました」

「いや。まだ、約束の時間より前です」

古池美保は会釈して向かいに腰を下ろした。

やって来たウエーターに、彼女もコーヒーを頼んだ。

そろそろ、昼食の客が目立ちはじめてきた。

「驚きました。まさか、あんなことになるなんて」

美保が表情を曇らせた。

「ええ。さっき、横田弁護士のところに電話を入れたのですが、容体は変わらないようです」

「どうなんでしょうか」

彼女は険しい表情になった。木原一太郎の容疑の件だと察した。

「無実だと思います」

身を乗り出し、私が言ったとき、ウエーターが美保のコーヒーを運んで来た。

ウエーターが去ってから、私は続けた。

「きのう、練馬区桜台の被害者の家に行って来ました」

「まあ」

彼女は目を見張った。

「建物は壊され、更地になっていたんです」

「更地に？」

「ええ。じつは、あの土地と建物は富子のものではなく、旦那の名義で、その息子が壊したそうです」

「被害者のものではなかったのですか」

「ええ。どうやら、その家の立ち退きのことで、もめていたようなのです」

私は自分の考えを語った。

「堀川さんの考えのとおりだと思うわ」

美保も少し興奮していた。

「やはり、あのひとは無実だったのね」

「確かに、証拠はなく、私の考えが正しいかは証明されていません。でも、そういう解釈が成り立つ余地がある限り、少なくとも、木原さんに有罪を宣するべきではなかった」

「万が一のことがあれば、取り返しのつかないことになってしまいますね」

木原一太郎が死んだら、裁判員たちが彼を死に追いやったも同然ということになる。

「どうしたらいいんでしょうか」

美保が不安そうな顔できく。

「横田弁護士は頼りになりそうもありません。私はマスコミに訴えることも考えています。もちろん、その前に、富子の旦那だったひとの息子に会ってからのことですが」

「マスコミに話すのは、守秘義務違反になるのではないですか」

美保が眉根を寄せて言う。

「ええ。そのことが気になるのですが。たとえ、マスコミに訴えるにしても、真犯人の特定は証拠がないので言えませんが」

私は深呼吸して答える。

「私もいっしょにマスコミの前に出ます」

「いや、あなたは……」

「このままでは、私も一生いやな思いで過ごさなければなりません」

「そうですね。他のひとはどう思っているのでしょうか」

他の四人は死刑を宣告したのだ。その胸中を思いやった。

「連絡先はわからないですよね」

美保がきく。

「ええ、わかりません。裁判所に問い合わせても教えてくれないでしょう。ただ、私たちと同じように横田弁護士のところに電話をしてくれたらと思うのですが」

「私たちでさえ、こんなにショックを受けているのです。あのひとたちはもっと苦しんでいるんじゃないかしら」

「そうかもしれません。ただ、本気で有罪だと思い込んでいるかもしれません。犯人だから、自殺を図ったのだという解釈をしているのかも」

私は稲村久雄や西羽黒吾一、そして広木淳、金沢弥生の顔を思い浮かべた。なんとか、連絡をとりたいと思った。


古池美保と会ってから三日目の朝だった。

朝飯をとりながらテレビを見ている。

古池美保と会ったことで、幾分気持ちも落ち着いてきた。ひとりで悩み、苦しむより、同じ問題を共有出来る者同士が集まれば何らかの解決策が見つかる。そういう意味でも、他の裁判員たちと連絡をとりあいたかった。

希望があるとすれば、横田弁護士を介してだ。稲村久雄や西羽黒吾一たちが横田弁護士の事務所に電話をしてくれることを祈るのみだった。

だが、一昨日からきのうにかけて、誰からも連絡はなかった。

彼らは皆、木原に死刑を下した者たちだ。やはり、木原が有罪だと信じているので、木原の自殺を冷《さ》めた目で見ているのだろうか。

それとも、ひとりで苦しんでいるのだろうか。そうだとしたら、なんとか声をかけてやりたい。皆で、いっしょに解決策を見つけたいのだ。

木原一太郎が犯人か否か。鍵を握っているのは富子の旦那だった松川という男の息子だ。松川の住所は役所から書類を取り寄せ、あるいは法務局に行って土地の登記簿を調べればすぐわかる。登記簿謄本は誰でも閲覧出来るが、そこまでしていいか。ためらった末、私は横田弁護士に頼むしかないと思った。

きのうの夕飯の余った焼き魚で、ご飯を食べ終わり、茶を飲む。美緒子がいたときは、食後はコーヒーメーカーでコーヒーをいれたものだが、今は食後にコーヒーも飲まなくなった。

テレビはJR新宿《しんじゅく》駅での人身事故のニュースを報じている。昨夜午後十一時頃、人身事故が発生し、電車が止まってホームにひとが溢《あふ》れ、大混乱に陥ったというニュースだ。

ホームから五十代の男性が落ちて、入って来た電車にはねられたという。画面には、混雑する新宿駅の光景が映し出されている。

自殺だろう。長引く不況で、この種の事件は跡を絶たない。他人事ではなかった。私は胸が塞《ふさ》がれる思いで見ていた。

携帯が鳴って、私は画面から目を離し、携帯をとった。

古池美保からだった。

「古池です」

「先日はどうも」

誰かから連絡があったのかと、私は期待して耳をそばだてた。だが、聞こえてきたのは予期せぬ言葉だった。

「今朝の新聞、見ましたか」

「いえ、何か」

私は胸騒ぎを覚えた。

「西羽黒吾一というひとが、ゆうべ新宿駅で電車に轢《ひ》かれて死んだんです」

美保の声が硬かったのは、寝起きのせいばかりではない。

「西羽黒吾一……」

同じ裁判員として、いっしょに裁判に立ち会った男の顔を思い出した。大きな目をした、頑固そうな顔だった。

新宿駅の人身事故のニュースはテレビでもやっていたが、それは人身事故によって帰宅する乗客の足が奪われ、大混乱になったというのが趣旨だったようだ。

だから、人身事故の被害者の名など言わなかった。

「まさか。待ってください」

私は急いで新聞の社会面を広げた。隅《すみ》に、小さく記事が出ていた。

西羽黒吾一という名を見た。

「もしもし、あの西羽黒さんだろうか」

私は胸が潰れそうになった。

「珍《めずら》しい名前でしょう。あの西羽黒さんに間違いないわ。名前だっていっしょだし、それに職業も理髪業と書いてあります」

「どうします？」

私はあまりのことにどうしていいかわからなかった。

「とりあえず、西羽黒さんの通夜に行ってみませんか」

古池美保が提案した。

「場所はわかりますか」

新聞には住所が書いていない。

「確か、浅草の鳥越《とりごえ》神社の近くだと話していました」

「そうでしたっけ」

「ええ。あのひと、稲村さんと気が合って、休憩時間にはいつもいっしょにいたでしょう。そんな話し声が聞こえました」

「じゃあ、あの近くに行けば、わかりますね」

鳥越神社は、会社のある浅草橋から、それほど離れていない。まさか、西羽黒がそんな近くに住んでいるとは思わなかった。

裁判が終わったあと、別々に帰宅したので、西羽黒が同じ方向に帰ることに気づかなかった。

「いちおう、あとで台東区役所に問い合わせてみます。家族の方に会って、話を伺いましょう。もしかして、木原さんのことで……」

美保はあとの言葉を呑んだ。

木原一太郎の自殺を知り、責任を感じて、自分を追い込んだのではないかと、彼女は考えたのだ。

そのことは十分に考えられた。

「じゃあ、また、あとで」

電話を切ったが、私は息苦しくなった。

8

翌日の夜、私はＪＲ浅草橋駅から鳥越神社に向かった。

午後から降りだした雨は激しくなっていた。

きのう、その後にまた古池美保から電話があり、区役所ではなく、新聞社に電話をして教えてもらったと言った。

通夜の会場はそこから遠くないところにあるセレモニーホールであった。

途中に、西羽黒家の案内表示が出ていた。

古池美保は高校生の息子が風邪を引いて寝込んでしまい、どうしても出られないというので、私ひとりでやって来た。

離婚して、古池美保は母子ふたり暮らしだという。

セレモニーホールの一階が会場になっていた。理容組合や商工会などの花輪が並んでいる。雨なので、受付が中にあった。私は香典を出し、記帳を済ませてから奥に進んだ。

読経がはじまっていた。祭壇の前には親族が並んでいた。

焼香がはじまり、私も順番に焼香台の前に立った。

私は遺影を見た。裁判員として熱弁を揮《ふる》っていたときの顔そのままだった。

遺族席には五十代前半の婦人と、隣に三十前後の男性とその妻らしい女性。それに小学生の子どもがふたり。

私は再び遺影に目を戻し、合掌《がっしょう》してから、その場を離れた。

私は二階に上がった。幾つものテーブルに寿司やお菓子が並んでいた。

私は新聞記者がいるかと警戒したが、それらしき人間はいないようだった。裁判員の名前は公表されず、全員記者会見もしなかったので、マスコミに名前が漏《も》れていない。だから、この事件に気づいていないようだ。

もし、気づいたら、マスコミの格好の餌食《えじき》にされるに違いない。死刑判決を下した裁判員が不審死を遂げたのだ。

読経が終わったようだ。私は出来たら、西羽黒の妻女から話を聞きたいと思った。自殺なのか、事故なのか。

「もう理髪店を閉めようかと言っていたな」

隣から声が聞こえて来た。

「倅もあとを継がないしな。カット専門の激安理髪店がどんどん増えていくからな」

私の周囲に座ったひとたちは理容組合の仲間らしい。聞こえて来る話の内容から、組合のひとたちだとわかった。死に関わる何らかの話が聞けないものかと聞き耳を立てた。

「じゃあ、そのことで悩んでいたのか」

「うむ。割り切っていたようだが、親父さんの代からの店を畳むとなると、気持ちは複雑だったのかもしれないな」

「あのことはどうなんだ？」

誰かが呟いた。

「俺が死に追い込んだようなものだと塞ぎ込んでいたからな」

木原一太郎のことを言っているのだ。

西羽黒は評議の内容を仲間に話していたようだ。守秘義務違反に問われかねない。だが、西羽黒にしてみれば、ひとりで抱え込むにはあまりにもことは重大過ぎたに違いない。

木原一太郎の有罪の流れを作ったのが、西羽黒のメールの秘密の発見だったといっても過言ではない。

富子が偽ってメールのやりとりをしていたという指摘によって、木原一太郎の犯行の動機が明らかになったのだ。評議にはそのことは考えず、あくまでも検察官の主張をもとに判断せよという裁判長の指示があっても、無意識のうちにその発見は裁判員の心を大きく支配していたはずだ。

西羽黒はある意味、木原を有罪に持っていった立役者だ。もちろん、西羽黒は木原を犯人だと信じていた。西羽黒だけでなく、稲村久雄、広木淳、金沢弥生も有罪を認定した。

ところが、木原一太郎は無実を訴えて自殺を図った。西羽黒は、ひょっとしたら被告人は無実だったのではないかと疑いだしたのではないか。

私は組合の仲間のひとたちに声をかけて、いろいろきいてみたい誘惑にかられたが、そうすると、こっちの素性も明らかにしなければならず、逆にいろいろな質問攻めに遭《あ》いそうな気がして躊躇《ちゆうちよ》した。

やはり、西羽黒の妻女に会うしかなかった。

それから三十分近く経って、西羽黒の妻女が現れた。会葬者に挨拶してまわっている。

私は妻女が傍《そば》にやって来るまで待った。

ようやく、妻女がそばにやって来た。息子らしい三十ぐらいの男性といっしょだ。

「きょうはありがとうございました」

妻女がビールを注《つ》いでくれた。

「私は、西羽黒さんといっしょに裁判員をやった者です」

グラスをテーブルに置いてから、私は他人に聞こえないように言った。

妻女は目を見張った。

「そうですか。ごいっしょでしたか」

「西羽黒さん、裁判のことで何か悩んでいるようでしたか」

私は思い切って口にした。

「いえ」

「私たちが裁判員をして、死刑判決を下したひとが自殺を図ったことで、ご主人は何か仰っておいでででしたか」

「いえ。ちょっとショックを受けたようでしたけど、自分は正しいことをしたのだからと胸を張っていました」

憔悴《しょうすい》を物語るように、妻女の目の下にははっきり目立つ隈が出来ていた。

「新宿にはどんな用事で行かれたのでしょうか」

「わからないのです。夕方にひとに会うと言って出掛けたきりで」

「ひとに会う？　心当たりは？」

「いえ、まったくありません」

「失礼ですが、遺書のようなものはあったのですか」

「いえ、ありません。私は事故だったと思っております」

強い口調で言い、一礼して逃げるように、妻女は隣に移った。

遺書がなかったのはほんとうだろうか。西羽黒の死は事故だったのか自殺だったのか。判断はつかない。遺族からしてみれば、自殺だったとするとやりきれないだろうから、事故ということにしたいのかもしれない。

翌日はきのうと打って変わって晴天だったが、北風が吹きつけ、寒い日だった。

私は告別式にも参列した。古池美保も会葬する予定だったが、急患の手術のために来られなくなった。

私は読経を聞きながら、どうしても死の真相を気にしないわけにはいかなかった。

最後のお別れに、会葬者全員が柩《ひつぎ》に花を入れた。

妻女の挨拶のあと、霊柩車《れいきゆうしや》を見送る。その見送るひとの中に、私は見知った顔を見つけた。

同じ裁判員だった稲村久雄だ。

霊柩車が去ったあと、私は駅に向かって歩き出した稲村久雄に近づき、声をかけた。

「稲村さん」

ゆっくり、稲村が顔を向けた。

裁判員をやっていたのは僅か二週間ちょっと前だが、そのときより心なしか、稲村は痩《や》せたような気がした。

「君は……」

稲村は訝しげな顔を向けた。

「裁判員をやっていた堀川です」

「ああ、君か」

稲村はいかめしい顔で、

「君だけか。来ているのは」

と、沈んだ声できいた。

「そうだと思います。古池美保さんも来る予定でしたが、急患で来られなくなりました」

古池美保の名誉のために、彼女が仕事で来られなくなったのだと話した。

「仕事か。皆、裁判が終わったあとは、それぞれの暮らしに戻ったんだな」

どこか、しんみりした感じで、稲村は言った。

一連の不幸のことが、稲村を感傷的にしているのかと思い、

「裁判が終わったあと、ショッキングなことが続きます」

と、私は木原一太郎の自殺の件とあわせて言った。

「自殺か事故かわからないのだろう」

稲村は厳しい顔できいた。西羽黒のことだ。

「ええ。奥さまは事故だと話していましたが」

「事故か。しかし、木原一太郎が自殺を図ったことにショックを受けていただろう」

「でも、西羽黒さんは信念をもって有罪を宣告したのでしょう」

私はあえて言う。

「そうであっても、あれは衝撃的だった。私も動揺した」

「ええ、私も、ショックでした」

私は稲村のことが心配になり、

「これは私たち全員の問題です。古池さんとは連絡をとっていますが、広木さんや金沢さんのことも心配です」

「西羽黒さんが自殺だった可能性はある。だとしたら、木原一太郎のことが原因だ。裁判所で、彼と話をしたが、店を畳まなくてはならないと嘆いていた。だが、そのことは、時代だと割り切っていた」

稲村は西羽黒が自殺したと思っているようだ。

「広木さんと金沢さんになんとか連絡をとりつけてみます。皆、心細い思いでいると思うのです。一度、皆さんで会いませんか」

稲村は気難しい顔をした。

私は挑戦的になった。

「反対ですか」

「いや」

稲村は首を横に振った。

そのまま無言で、空を見上げた。青空が広がっている。

木原一太郎が自殺を図った件で、裁判員に対して心の支援のようなものがあるかと思ったが、裁判所からは何も言ってこなかった。

ならば、我々だけで対処しなければならないのだ。しかし、稲村はすぐに返事をしなかった。

やがて、稲村は顔を戻した。

「じつは、私は病院にいるのだ」

妙に、寂《さび》しそうな顔で言った。

「病院？」

「再入院だ」

「どこが？」

「肺ガンだ」

「えっ」

「きょうは特別に外出を許された」

稲村は笑みを浮かべ、

「なあに、たいしたことではない。だが、しばらく外に出られない。集まりには行けないのだ」

稲村は裁判員裁判が終わるのを待って、ただちに入院したのだという。再発だが、また、復帰出来ると言った。

「病院はどちらですか」

「大井町《おおいまち》にある南大井中央病院だ」

私は都営地下鉄の蔵前《くらまえ》駅までいっしょに歩き、そこで、稲村と別れた。

稲村の後ろ姿が妙に小さく、寂しそうに見えた。

病気を押して、稲村は裁判員裁判に臨んだのだ。西羽黒吾一は、理髪店を廃業する危機の中で、裁判員の役目を果たした。

そのことが、あの評議の結果に反映されたのかどうかはわからない。

江戸通《えどどお》りを浅草橋に向かう途中、携帯を取り出し、横田弁護士の事務所に電話をした。

しかし、横田弁護士は外出していた。

私は事務員に言伝《ことづ》てを頼んだ。

「裁判員だった西羽黒吾一さんが電車にはねられ、死亡しました。事故か自殺か、はっきりわかりません」

横田弁護士が知っているかどうかわからないが、私はそう伝えてもらうように驚いている事務員に頼んだ。

電話を切ったあと、すぐに携帯が鳴った。横田弁護士かと思ったが、古池美保からだ。

「古池です。今、休憩時間なのです。いかがでしたか」

「稲村さんが来ていました」

私は稲村の寂しそうな後ろ姿を思い出した。

「そうですか。おふたりは気が合っていたみたいですからね。明日、お時間とれますか」

「ええ、だいじょうぶです。では、また午前十一時にグランドパレスの喫茶室で」

私は約束をして電話を切った。

そのあと、店舗兼事務所に行ったが、仕事に身が入らず、気がつくと事件のことを考えていた。

翌日の午前十一時、私は夜勤明けの古池美保とグランドパレスの喫茶室で会った。

「西羽黒さんのお店は廃業することになったそうです。自殺だとしたら、そのことが原因か、あるいは木原さんの件が原因か、わかりません」

「両方の可能性もありますね」

古池美保はやりきれないように言った。

「稲村さんは、自殺だとしたら木原さんの件だと言ってました」

「稲村さんはどんな様子でしたか」

「肺ガンで、入院しているようです。きのうは特別に外出許可をもらって出て来たと言っていました」

「そうでしたか。皆さん、たいへんなときに、裁判員をやられていたのですね」

古池美保はしみじみ言う。

「こうなったら、広木さんと金沢さんになんとしてでも連絡をとりたいですね。ふたりがどんな思いでいるのか。ひょっとしたら、ひとりで悩んでいるかもしれない」

私は心配した。

「連絡先を知る方法があるかしら」

「裁判所に問い合わせましょうか」

私は提案した。

「教えてくれるとは思えません」

「そうですね。何か、ヒントらしいことを、金沢さんは話していませんでしたっけ」

「彼女、スポーツインストラクターだと言ってましたよね」

美保が思い出して言った。

「ええ」

「都内のジムを探してみたらどうでしょうか。インターネットで、施設を調べてみたら。ホームページにはインストラクターの顔写真を載せているかもしれません」

美保は口にした。

「そうですね。金沢さんはなんとかなりそうだ。あとは、広木淳さんだけだ。彼は、家電販売店で働いていると言っていたけど」

私は広木と交わした言葉を思い出してみたが、手掛かりになるような言葉を見出すことは出来なかった。

大手の家電販売店を一軒一軒訪ねても見つけられるとは思えない。それに、家電販売店で働いているのはほんとうのことなのかどうかも怪しい。

「木原さん、その後、どうなんでしょうか」

「まだ、意識は戻らないようです。きのう、横田弁護士が電話でそう言っていました」

きのうの夜、横田弁護士から電話があった。西羽黒の死について驚いていた。折りを見て、裁判所にも話しておくと言った。

しかし、私は裁判所に話しても何も変わらないと思っている。少なくとも、私や古池美保にとっては、もう一度審理のやり直しをするということでなければ、心を納得させることは出来ないのだ。

「西羽黒さんの件で中途になってしまいましたが、富子の元旦那の息子の松川というひとのことを調べてみます。松川さんの住所は横田弁護士に調べてもらっています」

なにしろ、今もっとも私たちに必要なのは真実だ。そのことをはっきりさせない限り、先に進めないのだ。

「では、また、何かわかったら、連絡します」

私たちは別れた。

西羽黒吾一の死の衝撃は、皮肉なことに、私に美緒子のことを忘れさせた。今の私には、事件の真相を探ることしか出来なかった。

第四章　記者会見

1

金沢弥生がインストラクターをしているフィットネスクラブがわかった。古池美保の見込みどおり、池袋にあるフィットネスクラブのホームページに金沢弥生の名前が載っていたのだ。

もっとも、それは一般の会員募集のページではなく、そのフィットネスクラブを経営する会社の社員募集のところに出ていた。そこで、彼女はインストラクターになった経緯と体験を語り、いかにインストラクターがやりがいのある仕事かを語っていた。

十二月に入ったと思ったら、もう七日、その日の午後、私は池袋にあるオーシャンスポーツジムに行った。

南池袋の明治通《めいじどお》り沿いのビルの八階、九階がジムで、受付は八階にあった。

エレベーターを降りると、目の前にしゃれたデザインのジムの入口があった。

入ったすぐ横に、トレーニングウエアや水着などを売っているショップがあり、受付には美しい顔の女性がふたりいた。

私は受付の目の大きな女性に、

「インストラクターの金沢弥生さんはいらっしゃるでしょうか」

と、訊《たず》ねた。

「どちらさまですか」

「裁判所でいっしょだった堀川と申します」

「裁判所？」

受付の女性は眉根を寄せた。

「裁判員です。いっしょに裁判員をした者だと言ってもらえればわかります」

「少々、お待ちください」

受付の女性は机上に目を落とした。

スケジュール表でも見ているのか。

「ちょうど、今、金沢はエアロビクスのレッスンで、九階のスタジオに入っています。あと三十分ほどで終わりますが」

「そうですか。では、待たせていただきます」

私はサロンのような丸テーブルとソファーがある場所に向かった。そこの壁に、インストラクターの顔写真が貼ってあった。

金沢弥生は二十六歳。長野県の出身。趣味は映画鑑賞、旅行とある。

一時間近く待ってから、スポーツタオルを首に巻いた金沢弥生がやって来た。

私の顔を見て、彼女は驚いたようだった。

丸テーブルをはさんで向かい合った。

「少し、痩《や》せたんじゃないですか」

裁判員当時より、頰《ほお》がこけたような気がする。

「ええ。いろいろあったでしょう。あまり、眠れないんです」

彼女は身を乗り出し、

「西羽黒さんは自殺だったのですか」

と、不安そうな顔できいた。やはり、彼女も西羽黒吾一の死に気づいていた。

「わかりません。遺書はなかったので、事故の可能性もあります。ただ、西羽黒さんは、あの時間に新宿駅に行く用事はなかったということでした」

「やっぱり、あのことがあって責任を感じたんでしょうね」

あのことというのは、木原一太郎の自殺未遂を指している。

「お店のほうもうまくいっていなかったようですから、仮に自殺だとしても、直接の理由は何かわかりません」

　私は気休めのように言ってから、

「金沢さん。いずれにしろ、我々が裁判員として死刑の判決を出した木原一太郎が自殺を図ったのは事実です。西羽黒さんがこのことで悩んでいたことは間違いありません。稲村さんも、古池さんも苦しんでいます。もちろん、私も」

　彼女は頷《うなず》いた。

「まだ、広木さんだけ居場所がわからないのですが、皆で会って、今後のことを相談したいのです。このままでは、我々は苦しみ続けるだけです」

「あのひと、ほんとうはどうなんですか。堀川さんはずっと無実だと信じていたようですが」

　怯《おび》えるような目で、金沢弥生はきいた。

「被害者の住んでいた家に行ってみました。建物は取り壊されていたんです。あの家の持ち主は……」

　私はそのときのことを話した。

「富子は旦那だった男の息子と、家のことでトラブルになっていたんです。それだけじゃない。被害者が飼っていた犬は、旦那の家で飼っていた犬の子どもだそうです。つまり、犯人は……」

私はそこで言葉を呑《の》んだ。証拠がない。これ以上は、はっきり言うことは出来ない。だが、それで、彼女も察したようだ。

「じゃあ、木原さんはほんとうのことを話していたんですね。無実だとしたら、私はどうしたらいいんでしょう」

金沢弥生は顔色が悪い。

「いいですか。はっきりしていることは、我々に責任はないのです。責任があるとすれば、警察や検察官、それに弁護人です」

私はあえて言い切った。

「木原さんが自殺しようとしたと知ってから、私は胸が張り裂けそうで、夜も眠れないんです。無実だと訴えて死のうとしたのでしょう」

顔を歪《ゆが》め、あえぎながら答える姿に、彼女の苦悩が私の想像以上に激しいことを知った。木原一太郎が「むじつ」と壁に血で書き残したことが、強い衝撃になっているようだ。

「ひとりで悩んではだめです。それに、木原さんはまだ亡くなったわけじゃないんです。きっと回復します」

私はくどいほど念を押してから、

「木原さんがほんとうに犯人かそうではないのか。私は松川というひとの息子が鍵を握っていると思っています。息子の居場所がわかりしだい、訪ねて行くつもりです」

と、真相解明に全力を尽くすと話した。

まだ、連絡はなかったが、横田弁護士は松川の息子の居場所を調べてくれるはずだ。

「堀川さんは、死刑に賛成しなかったから、余裕があるんです。私はだめです。もし、木原さんが無実だったら、私はどうしたらいいのか……」

「金沢さん。気をしっかり持ってください」

私は叱りつけるように言った。

はっとしたように、彼女は私に切れ長の目を向けた。

他のインストラクターが彼女を呼びに来た。レッスンが再開される時間になったのかもしれない。

「じゃあ、また連絡します」

私はフィットネスクラブを出てから、携帯を取り出し、古池美保にメールをした。金沢弥生に会ったこと、そして、彼女の心労も大きいことを伝えた。

その夜、私のマンションに裁判所の事務局から電話があった。

相手は事務的に言う。

「明日、十時に裁判所に来ていただけますか」

「どんな御用でしょうか」

私は感情を抑えてきき返した。

「来ていただいたときに、お話をさせていただきます。前回の評議室にお出でください。お願いいたします」

慇懃《いんぎん》だが、高圧的な感じもした。

ようやく、裁判所も動きだしたのか。

電話を切ったと同時に、携帯が鳴った。

古池美保からだった。

「さっき、裁判所から電話がありました」

「ええ、今、こっちにもありました」

「行きますか」

「ええ、もちろん。広木さんも呼ばれているでしょうからね。いい機会です」

「そうですね」

広木淳の連絡先がわからなかったが、明日、裁判所で会える。万が一、何らかの事情で来られなくても、彼の連絡先は教えてもらえるだろう。

電話を切ったあと、金沢弥生の携帯に電話を入れた。電話はつながらなかったが、留守電にメッセージを入れておいたので、一時間後に、彼女から電話が来た。

「お電話いただいたようで」

彼女の声は弱々しかった。

「裁判所から電話がありましたか」

「はい、ありました。明日、十時に来てくれということでした」

「私のところにも来ました。明日は皆、呼ばれているようです。行かれますか」

「はい。午前中ならだいじょうぶです。いつも仕事は午後からですから」

「じゃあ、明日、裁判所でお会いしましょう」

「はい」

電話を切ってから、改めて裁判所からの呼び出しを考えた。

遅ればせながら、裁判員の心のケアを考えはじめたのか。しかし、明日というのも急な呼び出しだ。

寝ようとしたとき、今度は、石渡千佳から電話があった。

「ごめんなさい。こんな時間に」

音楽が聞こえる。どこか、お店にいるのだろうか。

「どこからですか」

「会社の忘年会。そのあとの二次会」

どうりで、喋《しゃべ》り方が少し変だった。酒が入っているのだ。

「黙っていようかと思ったんですけど、言ってしまうわ。彼女ね、離婚届、まだ出していないのよ」

「出していない？」

「そう。いざという段になって、躊躇《ちゅうちょ》しているみたい。ほんとうは、まだあなたのことを忘れ……」

「あまり飲み過ぎないようにしてください」

私は彼女の言葉を遮《さえぎ》った。

「そうね。そうするわ。じゃあ、お休みなさい」

素直に、彼女は電話を切った。

ベッドに入っても、離婚届を出していないという千佳の言葉が耳から離れなかった。

2

翌日、十時十分前に裁判所の評議室に入った。

裁判員として通っていたときと同じ部屋だった。ここに通ったのがずいぶん昔のようでもあり、またきのうのようでもあった。

すでに、古池美保と金沢弥生が来ていた。

「おはようございます」

古池美保が挨拶《あいさつ》をし、金沢弥生は会釈だけした。金沢弥生のほうがはるかに憔悴《しょうすい》していた。死刑宣告をした身だから、必要以上の責任を感じているのだろう。

「堀川さんは、死刑に賛成しなかったから、余裕があるんです」

きのう、彼女が言ったことだ。そのとおりかもしれない、と私は思った。私と古池美保は死刑判決に加担しなかった。そのぶんだけでも、気は楽だったのだ。

十時になって、先日の裁判でいっしょだった裁判長と裁判官が現れた。

「ごくろうさまです」

裁判長が我々三人の顔を見て言う。

広木淳はまだやって来ない。稲村久雄は入院しているだろうから、結局三人だけだ。

「広木さんは来ないのですか」

私は落胆してきいた。

「来るはずなのですが」

裁判長は困惑した表情で答えてから、

「広木さんにはまた、改めてお話をします」

と言い、深刻そうな顔で切り出した。

「先日、木原一太郎被告人が自殺を図りました。まだ、治療を受けておりますが、あのあと裁判所に裁判員の名を問い合わせる電話が相次ぎました。もちろん、皆さんの名は教えていません。ところが、ごいっしょに裁判員をやられた西羽黒吾一さんがお亡くなりになりました。事故かどうか、はっきりしませんが、先日の裁判で有罪判決を下した木原一太郎が自殺を図ったことと結びつけて考えられがちです」

私はおやっと思った。裁判長は、ふたつの出来事を無関係なものとでも考えているのだろうか。

「じつは、きのうある週刊誌の記者から取材の電話がありました。先日、亡くなった西羽黒さんは木原一太郎の裁判の裁判員だったそうですね、という電話です」

とうとう週刊誌の記者が気づいたのか。

おそらく、通夜に集まった人々の誰かから、ひと伝《づて》に記者の耳に入ったのであろう。

「裁判所は、皆さん方の名前は絶対に教えないことになっています。万が一、あなた方のことを探り出してマスコミの方がやって来たとしても、ひと違いだと言って、取材を受けないようにしてください」

そう言いながら、裁判長の目は私に強く向けられていた。

私がもっとも週刊誌記者にべらべら喋る恐れがあると警戒しているのだろうか。確かに、私は死刑判決に与《くみ》しなかったことを公にしたいという気持ちを持っている。

「何度でも言いますが、評議の内容を話したら、守秘義務違反に問われることになります」

私は押さえつけるような言い方に反発を覚えた。

「裁判所は、我々裁判員の精神的な動揺をどう考えているのですか」

私は抑えていたものが爆発したように喋りだした。

「さっきから聞いていると、守秘義務違反になるからマスコミに何も喋るなと命令しているだけで、我々、裁判員に精神的なサポートをしようという気が何も感じられません。いいですか。西羽黒さんは、木原一太郎が自殺を図ったことにショックを受けて自殺した可能性が高いんです。自分が死刑判決を下した被告人が、無実を訴えて自殺を図ったのですから」

裁判長は落ち着いて反論した。

「西羽黒さんは、自殺かどうかわかっていないのです」

「それは、西羽黒さんが裁判員だったことを、警察は知らなかったからです。もし、知っていたら、自殺の動機をそれだと思ったのではないですか」

「いや、それでも、そうだとは言い切れません」

裁判長は冷たい態度で言う。

「私は、西羽黒さんの気持ちがよくわかります」

金沢弥生が訴えるように言う。

「私は、木原さんが無実を訴えて自殺を図ったことに衝撃を受け、それから夜もゆっくり眠れませんでした。私が死刑だと思ったひとが、無実を訴えて自殺を図ったのです。死刑判決を下した私たちに対する抗議だと思いました」

金沢弥生は泣き出しそうな顔になっていた。

「お気持ちはわかります。ですが、評決を下したことに何の責任もありません。検察官と弁護人の提出した資料に基づいて、真摯《しんし》に評議をし、出した結論です。何ら、問題はありません」

「それが、我々に対する精神的なフォローになるのですか」

私はまたも反発した。

「何の問題もないと言いますが、全員が有罪だと判断したのならともかく、無罪だと信じる人間はいたのです。それを多数決で死刑に決めたのです。それより、まだ審理が足りないところもあったのです。それでも、強引に評決を出したのではありませんか」

私はわけもなくいらだった。

「私たち、プロの裁判官もいっしょになって判断したことです。あなた方が、そのことで悩む必要はありません」

裁判長は不快そうに言った。

「そうはいきませんよ。無実の人間に死刑宣告をしたのですよ。我々は素人《しろうと》なんです。その素人が死刑を……」

「ここで、そのような議論をしても仕方ない」

　裁判長は私の言葉を遮った。

「私は、木原一太郎は無実だと思っています。はっきり言います。あの裁判は、公判前整理手続に不備があったのです。そこで、もっと慎重に事件の精査をされていたら、新たな事実が見つかったはずです。そうすれば、被告人は無罪になったに違いありません」

　私はつい興奮した。

「木原さんを追いつめ、西羽黒さんの命を奪った責任はあなた方にある」

「言い過ぎですよ」

　裁判長の頬が微《かす》かに震えていた。

「木原一太郎は、絶望して自殺を図ったのです。西羽黒さんの死は別の原因です。証拠もないのに、そこまで言い切ってはいけません」

「きょう、私たちをわざわざ呼んだのは何のためなのですか」

　それまで黙っていた古池美保が声を荒らげた。

「被告人があんなことになったから、裁判員の精神的な圧迫をやわらげてやろうという心遣《づか》いがあるのかと思っていました。聞いていると、マスコミの人間によけいなことを喋るなと言い含めるためだったようですね」

「裁判員の精神的なケアは、私たちの役目ではありません。それは専門のカウンセリングの先生にお願いしてあります」

「いっこうに、そんなお話はありませんよ。それに、このような事態になっては、カウンセリングの問題ではないです。まず、真実を明らかにする。それが第一です。そのためなら、私は喜んで守秘義務違反をします。刑罰を覚悟で」

「堀川さん。落ち着いてください」

裁判長があわてた。

「私が言いたいのは……」

「結構です。同じことの繰り返しになりますから」

私は裁判長の言葉を制した。

「ともかく、このままでは我々はまともな市民生活に戻れません」

私は裁判所の怠慢を責めるように言った。

「わかりました。あなた方の精神的なケアについては、もう一度検討してみます。ですから、週刊誌にあらぬことを書き立てられないよう、ぜひ、お願いしたいのです。裁判所としては、これで裁判員制度のイメージが損なわれることが心配なのです」

結局、そこなのだと、私はもう抗議する気力も失せていた。

裁判員制度がはじまって半年以上経《た》った。これまで、裁判員裁判はうまくいっていた。判決後の記者会見で、裁判員が口々に、裁判員を経験してよかった、という趣旨のことを述べていた。

　裁判員裁判は市民の間に浸透していったかのように思えた。このような時期に、裁判員裁判に絡《から》む事件を週刊誌に面白おかしく取り上げられては、これまでに築き上げた裁判員制度のイメージを大きく傷つけかねない。そのことを、なんとしてでも阻止したいのだろう。

　そんな話し合いに長くつきあっているつもりはなかった。あとは適当に話を合わせ、私は話し合いを早々と切りあげた。

　最後に、私は裁判長に頼んだ。

「広木さんが来ませんでした。私のほうからも、彼にきょうの話し合いの内容を伝えておきたいので、彼の連絡先を教えていただけませんか」

　だが、裁判長の言葉は冷淡だった。

「申し訳ありませんが、勝手にお知らせするわけには参りません。もし、広木さんから連絡があったら、あなたに連絡するように伝えておきます」

　結局、規則という建前の前に、広木淳の連絡先を教えてもらえなかった。

「じゃあ、広木さんから電話があったら、携帯に電話をするように言ってください」

　私は、携帯番号を教えた。

「わかりました。伝えておきます」

裁判長が言い終える前に、私は席を立っていた。

裁判所の外に出ると、冬晴れの空が広がっていた。陽射《ひざ》しが暖かい。冷え冷えとした評議室とはまったく別の環境だった。

「結局、なんだったんですかねえ」

古池美保が呆《あき》れたように言う。

「かえって、いやな感じになりました」

金沢弥生は疲れた声を出した。

仮に、あの事件が冤罪《えんざい》だったとしても、裁判員も裁いたということで、裁判所の責任は薄らぐ。

裁判員裁判とは、こういう事態になったときの裁判所の保険ではないのか。私は、そんな思いにとらわれた。

精神的ケアの第一歩は真実の追究しかない。しかし、裁判所は、法理論などを駆使して、死刑判決を下した責任は裁判員にないことを諭すだけだ。

「広木さんは来なくて正解でしたね。時間の無駄でした」

古池美保が半《なか》ば怒って言う。

「しかし、彼はどうして来なかったんだろう」

私は気になった。

彼だって、木原一太郎や西羽黒吾一のことを知っているはずだ。死刑判決に賛成した者として、彼もショックを受けているはず。

仕事の都合で来られなかったのか。

「どうしますか。どこかで、昼飯でも食べますか」

私は提案した。

「ええ」

と、古池美保は応じたが、金沢弥生は時間を気にした。

「三十分ぐらいなら」

「よかった」

私は金沢弥生が心配だった。死刑宣告をしなかった私と美保とは違い、彼女の精神的な重圧は相当なものがあるはずだ。

死刑宣告した者としなかった者では、私が考える以上に、苦悩の違いは深刻なのかもしれない。

私は日比谷《ひびや》公園の脇で、ふたりに待ってもらい、横田弁護士に電話をした。

事務員が外出していると言ったあとで、ちょっとお待ちくださいと言いなおした。ちょうど、帰って来たばかりのようだった。

「はい。横田です」

「堀川です。その後、木原一太郎の容体はいかがですか」

まず、そのことを確かめた。

「意識はまだ戻っていませんが、危険な状態からは脱したそうです」

横田弁護士の声もいくぶん明るくなったようだった。

「そうですか。よかった」

私は送話口を押さえて、

「木原一太郎は危険な状態から脱したそうです」

と、ふたりに教えた。

ふたりは顔を見合わせて、安堵《あんど》の笑《え》みを浮かべた。

「傍《そば》に誰かいるのですか」

横田弁護士がきいた。

「きょう、裁判所に呼ばれました。今、その帰りです。同じ裁判員だった女性ふたりといっしょです」

「そうですか」

「先日、亡くなった西羽黒さんが木原一太郎の裁判の裁判員だったのではと、週刊誌の記者が裁判所に取材の電話を掛けてきたそうです」

私は裁判所に呼ばれた理由を話した。

「うちの事務所にも掛かってきました。私は、裁判員のことは知らないと答えました」

「先生、事件のことはどうなりますか」

「木原一太郎が回復すれば、当然控訴審で闘いますから、事件のことは改めて調べますよ」

「ほんとうですか。わかりました。ところで、並河富子の旦那の松川のことです。住所はわかりましたか」

「いえ、まだ」

「まだ？」

私は呆れ返った。

「先生、調べていただけなかったのですか」

「いや、忙しかったので。きょう、あす中には調べておきます」

「じゃあ、明日の夕方、電話します」

私は失望しながら電話を切った。

ただ、横田弁護士は事件を調べ直す気になったようだ。これも、木原一太郎に回復の兆《きざ》しが見えたからだ。そうでなければ、あの事件のことなど関係ないものとするところだったに違いない。

「木原さん、よかったわ」

金沢弥生が心からの叫びのように言った。

「まだ、意識が回復したわけではないようですが、でも、ひと安心です。横田弁護士も、事件をもう一度調べ直してみると仰っていました。きっと、いい方向に進むでしょう」

すっきりしたわけではないが、それでも木原の回復の知らせにほっとした。

有楽町《ゆうらくちょう》で昼食をとってから、金沢弥生と別れ、私と古池美保は有楽町線に乗り、池袋に向かった。

私が午後から、練馬区桜台に行き、富子の旦那の松川についての手掛かりを調べに行くと言うと、古池美保が、私も並河留美子の家の跡を見てみたいと言った。

池袋から西武池袋線に乗り換え、私たちは桜台駅についた。

駅から並河留美子の家に向かう。

「殺された並河さん母娘《おやこ》もここをいつも通っていたんでしょうね」

美保がしんみり言う。

「そうですねえ。それが事件の日を境に、ぷっつり途絶えてしまったんです。その無念さはいかばかりだったか」

私も被害者に思いを馳《は》せた。

並河留美子の家のあった場所に近づいた。更地になっている。

「あら、何かしら。向こう」

美保が更地のはるか向こうを指さした。

私がそのほうに目をやると、赤色灯を点滅させたパトカーが停まっているのが見えた。ひとがたくさんいて、なんとなくざわついている。

「なんかあったんでしょうか」

古池美保が不安そうな顔をした。

「ちょっと行ってみましょうか」

留美子の家の跡を行き過ぎ、ひとがいる場所にやって来た。その先に公園があり、警察の車両が停まっていて、警察官が忙しそうに動き回っていた。

近所のひとらしい婦人に声をかけた。

「何かあったんですか」

「ひと殺しですよ」

「ひと殺し？」

「ええ。半年以上も前に、近くで殺人事件があったというのに、またここで事件が起こったんです」

野次馬をかき分け、公園の入口に近づくと、公衆トイレの裏手に警察官の姿があった。そこで死体が発見されたのだろう。

「死体はもう片づけられたのですか」

私は傍にいた年寄にきいた。

「さっき運んで行った。昼過ぎに、犬を散歩させていたひとが見つけて警察に通報したそうだが、どうやらきのうの夜殺されたみたいだな」

年寄が説明してくれた。

殺されていたのが広木淳だったとは、そのときは想像もしなかった。

3

三日後。私は荒川区町屋《まちや》にある町屋斎場にいた。

今、広木淳の亡骸《なきがら》が焼かれているのだ。彼の兄がやって来て、火葬にして四国高松の実家に連れて帰るという。

この場に参列したのは、私と古池美保。そして、広木淳の兄、友人らしい男がふたりだけという寂《さび》しさだった。

広木淳は刃物で腹部と心臓部を刺されていたという。凶器は見つかっていない。財布などの持ち物は盗まれていなかった。物取りではない。

「淳は、なぜ、あんな場所に行ったんでしょうね」

広木淳の兄が淳の友人ふたりに訊ねた。

「さあ、俺たちにもあまり話をしなかったから」

友人のひとりが答えた。

「あまり、縁がない場所だと思うけど」

もうひとりも、言葉少なに言う。

私も、その会話に耳を傾けながら、そのことを考えた。なぜ、あんな場所に、広木は行ったのか。

広木淳は、並河留美子が住んでいた家の近くで死んでいたのだ。私は、そのことを重視しないわけにはいかなかった。

殺人事件として、マスコミは大きく報じていたが、広木淳が裁判員だったことに触れているところはなかった。

そういう意味では、裁判員の秘密が守られているようだ。しかし、いずれ、気づかれるかもしれない。

西羽黒吾一と広木淳の死がどう結びつけられるか。

古池美保はずっと唇を嚙《か》みしめ、じっと何かに堪《た》えているようだった。西羽黒吾一に引き続いての広木淳の死だ。関連を疑わざるを得ない。

死亡推定時刻は、裁判所からの呼び出しの電話を受けた日の午後九時から十二時の間らしい。そんな時間、広木はなんのために、あの場所に行ったのか。

係員が呼びに来て、私たちは待合室から階下に下りた。

そこで骨を拾い、骨壺に納めた。広木淳の兄が骨壺を抱え、私たちに挨拶をし、広木淳の友人の車に乗り込んだ。

広木淳は町屋に部屋を借りて住んでいた。いったん、そこに向かうようだ。

私と古池美保が取り残されたように立っていた。

さっきから、彼女は黙りこくっている。何を考えているのか。

「行きましょうか」

私は彼女に声をかけた。

はっとしたように、彼女は顔を向けた。その表情に、怯えの色が浮かんでいた。その表情から、彼女が何を考えていたのか、想像がついた。だが、それは恐ろしい考えだった。

駅に向かった。やはり、彼女は無言のままだ。

「お茶でも飲みませんか」

東京メトロ千代田《ちよだ》線町屋駅の地下入口の前で、私はきいた。

彼女は頷いた。

通りに面した喫茶店に入った。昔ふうの喫茶店で、テーブルとテーブルの間隔が狭《せま》く、あいにく席も埋まっていて、込み入った話は出来そうにもなかった。

すぐに出た。

無意識のうちに、私たちは西日暮里に向かって歩いていた。途中、商店街を逸《そ》れ、裏道に入った。

「古池さん。広木淳の殺された理由を想像していたんじゃありませんか」

人通りのない道に来て、私は口を開いた。

「ええ。並河さんの家の近くでしょう。広木さんは誘い出されたんじゃないかしら」

古池美保は暗い表情で続けた。

「西羽黒さんも自殺ではなく、誰かにホームから突き落とされたのではないかと思うと、急に怖くなって」

彼女の顔が蒼白《そうはく》になっている。

私は何も答えなかった。そのことを、彼女は肯定と受け取ったようだった。

木原一太郎の周辺にいる者が裁判員に復讐をしている。彼女は、そう解釈したのだ。

そんなことがあるのか。木原に親しい友人がいたとは思えない。復讐したとすれば、木原一太郎の身内しかあり得ない。

「次は……」

彼女は声を呑んだ。

次は誰が狙《ねら》われるのか。彼女はそう言いたかったのかもしれない。

「復讐だとしても、我々のことは公表されていないんです。かりに、木原一太郎の身近にいる人間だとしても、裁判員の詳しいことは知らないはずです」

私は疑問を口にしたが、それは復讐という考えを否定するためではなかった。なぜ、知ったのか。そのことへの疑問のほうが大きかった。

「ほんとうに、誰も裁判員のことを知ることは出来ないのでしょうか。傍聴人は、皆、私たちの顔を見ています」

「しかし、裁判の最中に、ひとりの裁判員を尾行して住まいを突き止めたとしても、その裁判員から他の裁判員の住まいを知ることは出来ないはずです」

これも、否定ではない。私の言葉の裏には、どうやって裁判員のことを知ったのかという疑問が前提になっている。

「西羽黒さんと広木さんが犠牲になっています。ふたりとも、死刑判決に賛成しています。犯人はそのことを知っていたのでしょうか」

「さあ、どうでしょうか。たぶん、犯人にとっては、裁判員は全員いっしょかもしれません」

「あっ、赤です」

あわてて、彼女が私の腕をとった。

無意識のうちに、赤信号で渡ろうとしていた。目の前を、トラックが通り過ぎた。

私も混乱していたようだ。

西日暮里に近づいた。

「金沢さんも誘い、お見舞いがてら、稲村さんのところに行ってみませんか。稲村さんの意見も聞いてみたい」

「そうですね」

古池美保も賛成した。

私は仕事どころではなくなっていた。携帯には何度か千住からの留守電が入っていたが、私はそれを再生する心のゆとりを失っていた。

翌日の午後、私たちは三人で、大井町にある南大井中央病院に行った。

四階の病室に入って行くと、四人部屋の窓際のベッドで、稲村久雄はテレビを観ていた。鼻や胸元にチューブがついている。

私たちの顔を見ると、稲村は厳しい顔つきになった。裁判員のときのいかめしい顔そのものだった。歓迎されていないのかと不安を覚えた。

「来てくれたのか」

表情とは違い、稲村の声は不快そうでもなかった。

「ご気分はいかがですか」

古池美保がきいた。

「痛みはとれた」

稲村は答えた。

痛みがなくなったぶん、気持ちにゆとりが出来たのかもしれない。

だが、稲村は沈んだ声で言った。

「広木くんは、とんだことになったな」

「ええ、そのことで、稲村さんに相談したいこともあったんです」

私が見舞いの目的を話した。

「私も、君たちと話がしたかったのだ。向こうに行こう」

稲村はゆっくりした動作でベッドから降りて、点滴台を押しながら、部屋を出た。私たちはあとについて行く。

廊下の突き当たりに、談話室があった。パジャマ姿の患者と見舞い客らしい男女の姿があった。

周囲にひとのいない一番端のテーブルに向かった。

稲村の横に私が、テーブルをはさんで古池美保と金沢弥生が座った。

「西羽黒さんに続いての広木さんの死です。無関係とは言えないんじゃないかと、私たちは考えているんです」

私が口火を切った。

「もし、木原一太郎が自殺を図ったことがきっかけで、事件が起きたとしたら、死刑判決

を下した裁判員に対する復讐だと思うしかありません。次にまた誰かが狙われる可能性がありますし

「そんなことがあるだろうか」

稲村は小首を傾《かし》げた。

「木原一太郎の家族は、老いた母親と妹、それに弟がいます。妹は、死刑判決が出た後、婚約を破棄されたそうです。弟も、会社を辞《や》めさせられたということです」

「だからといって、裁判員に当たるのは筋違いだ」

稲村は憤然として言う。

「ええ。でも、向こうはそうは思わないかもしれません」

私が言うと、稲村は口を真一文字に結んだ。

「もし、身内のひとの仕業なら、次に狙われるのは私です」

金沢弥生が泣きそうな声を出した。

「そんなことはない」

稲村が否定した。

「でも、私も死刑に賛成しましたから」

「仮に犯人がいたとしても、評議の中身までは知らないはずだ」

稲村が否定する。

「ほんとうに、評議の内容は漏《も》れていないのでしょうか。私たちの知らない何かがあるかもしれません」

金沢弥生が反論した。

「それだったら、まっさきに私がやられるだろう。余命が短いと知って、見逃すとは思えない」

稲村は表情を曇《くも》らせた。

私は稲村の言葉に引っかかった。自ら余命という言葉を使ったが、余命はどのくらいなのか。きくのは憚《はばか》られた。

「稲村さん。私は思い切って、マスコミに西羽黒さんと広木さんが裁判員だったことを知らせたらどうかと思うのです。マスコミが騒げば、犯人に対する牽制《けんせい》になるんじゃないでしょうか」

私は自分の考えを述べた。

稲村は難しい顔をした。

「裁判員の身の安全を、裁判所は守ってくれません。自分の身は自分で守らなければならないんです」

私は訴えた。

「西羽黒さんの場合は事件性があるかどうかの判断は難しいが、広木くんは殺人事件に巻き込まれたのは間違いない。警察の捜査をもう少し待ったらどうか」

稲村は慎重だった。

「へたをすると、木原一太郎の身内に疑いを向けることになってしまう」

新たな冤罪を生む可能性があるという指摘は無視できなかった。裁判員に対する復讐だとしたら、犯人は木原一太郎の身内に絞《しぼ》られる。

無意識のうちに、私は木原一太郎の弟に疑いの目を向けていたことに気づいた。

「金沢さんはひとり暮らしか」

稲村がきいた。

「ええ。ひとりで住んでいます」

「実家は？」

「埼玉の越谷《こしがや》です」

「越谷だったら、仕事場に通えないことはない。心配することはないと思うが、用心するに越したことはない。しばらく、実家から通ったらどうか」

稲村は提案した。

「そうします」

金沢弥生は素直に答えた。

「君たちも用心したほうがいい」

「私はだいじょうぶです。高校生の息子といっしょに住んでいますから」

古池美保が言う。

「まず、広木くんの事件の進展を見守ることだ。それからだ」

「はい」

稲村は少し疲れてきたように思えた。

「広木くんのことで、警察に問い合わせたりしないほうがいい。関係をきかれたら、裁判員だったことを喋らなければならなくなるから」

「わかりました。気をつけます」

稲村の呼吸が荒くなったような気がしたので、私はふたりと顔を見合わせてから、

「じゃあ、そろそろ帰ります」

と、稲村に言った。

「きょうはすまなかった」

稲村が礼を言う。

談話室を出るとき、私は気になっていることをきいた。

「失礼ですが、奥さまは？」

「いない。十年前に別れた」

「お子さまは？」

「もう十年会っていない。ときたま、姉が来てくれるだけだ」

稲村は寂しそうな顔で答えた。

病室の前で稲村と別れ、エレベーターに向かった。

「稲村さん。ひとりぼっちなんですね」

古池美保がしんみり言った。

家庭で、いつも威張っている口うるさい親の姿を思い描いていたが、稲村は孤独な人生を送ってきたのだ。

急に、稲村が哀れに思えた。

エレベーターで一階に降り、病院の玄関を出たとき、救急車が横に着いたところだった。救急車から急患が降ろされ、ストレッチャーに移された。そこに心配そうな顔で付き添っている女性を見たとき、私は目を疑った。

美緒子だった。

4

翌日の夕方、あとを時田に任せ、事務所を先に出た。

きょう一日、きのう病院で見かけた美緒子の姿が脳裏《のうり》から離れなかった。化粧もしていないようで、髪も後ろに無造作に束ねただけのようだった。

私と別れたのも、あのような看病生活をするためだったのかと、小気味よさに口許を歪めたが、それも長くは続かなかった。

なぜか、わからない虚《むな》しさに襲われていた。だから、事務所を出たときから誰かにつけられているらしいことに気づかなかった。

浅草橋の駅に向かってガード沿いを歩いていて、はじめて私は誰かに見つめられているような気がしたのだ。

その感覚は電車の中でも続いた。何者かがつけている。そんな気がして、周囲を見回した。

新小岩の駅で降り、私は用心をし、混雑に紛《まぎ》れ、わざと遠回りをしてマンションに帰った。

私がマンションの部屋に入ったのを見計らったように、チャイムが鳴った。

動悸《どうき》を抑えながら、私はドアに行った。覗《のぞ》き穴からふたりの男が見えた。

私はドアを開けた。

「堀川恭平さんですね」

黒縁の眼鏡《めがね》をかけた肩幅の広い男がきいた。

「そうです」

相手が警察手帳を出す前から刑事だと思った。そして、広木淳殺しの件でやって来たのだと悟った。だが、どうして私のことがわかったのか。そのことを考えた。

「広木淳さんをご存じですね」

「知っています」

「ちょっと中に入れていただいてよろしいですか」

「どうぞ」

ふたりは狭い土間に入った。

上がるように勧《すす》めたのは、こっちもいろいろ情報を知りたいからだ。

私は刑事ふたりをダイニング・キッチンに上げた。刑事は室内の様子を探《さぐ》るように見回してから、椅子《いす》に腰を下ろした。

「浅草橋からつけて来たのですか」

「つけて来た？　我々がですか」

刑事が不思議そうな顔をした。

「違うのですか」

「我々はマンションの前で、あなたのお帰りを待っていたんです」

では、あれは何だったのか。気のせいだったとは思えない。

「広木淳さんが殺されたのをご存じですね」

刑事がきいた。

「ええ。犯人はわからないのですか」

私のほうからきいた。

「ええ。目下目撃者《もつか》がいないか捜査中です」

黒縁眼鏡の男が答える。この刑事が奥平《おくだいら》だと名乗った。もうひとりの若い刑事はじっと私の顔を見ている。

「堀川さんは広木さんとはどのようなご関係ですか」

「個人的なつきあいは一切ありません。私と彼は、桜台で起きた母娘殺害事件の裁判員だったのです。裁判員裁判が開かれた四日間だけのつきあいでした」

刑事が頷いた。

私はその間隙《かんげき》をついて訊ねた。

「どうして、私のところにやって来たのですか。その前に、広木さんが裁判員だったことが、どうしてわかったのですか」

おそらく、広木の友人が話したのだろうと思いながらきいたのだ。

眼鏡の奥の目を光らせて、奥平が口を開いた。

「じつは、捜査本部に情報提供があったのです。広木淳は、先日拘置所で自殺を図った木原一太郎の裁判の裁判員をやっていた。関係があるかもしれないから調べてみたらどうだという内容でした」

「男ですか、女ですか」

新宿の公衆電話から掛けてきました」

電話で情報提供……。いったい誰だろうか。広木が裁判員だったと知っている人間は、私たち以外に誰がいるだろうか。

考えられるのは、広木の友人しかいない。町屋斎場で顔を合わせた友人の顔を蘇《よみがえ》らせた。それしか考えられない。

「広木さんの友人ではないんですか」

私は確かめた。

「いえ。違いました」

「違う？」

「広木さんは、ほとんど友人と会っていないんです。一番、最近に会ったのが、去年の十一月ということでした。それ以来、連絡もしていないんです」

「間違いないのですか」

「ええ。間違いありません」

火葬場で会った広木の友人も、広木が裁判員をしていたことを知らなかったのだ。

では、誰が……。

「堀川さん、あなたではないのですか」

「えっ？」

一瞬、相手が何を言っているのかわからなかった。横の若い刑事がじっと見据えているのも気分が悪い。

「ひょっとして、私が警察に電話をしたと思っているのですか」

「違いますか」

「違いますよ」

私ははっきり否定した。

「しかし、あなたは伊丹いさ子さんの家を訪ねていますね。木原一太郎に殺されたとされている被害者の家の隣家の主婦です。あなたは、インターホン越しに裁判員をやった堀川だと名乗っています」

私はあっと声を上げそうになった。

そこまで、刑事は調べていたのか。

「確かに、伊丹さんの家を訪ねました」

「何のために、訪ねたのですか」

「並河留美子さんと富子さん母娘が殺された事件で、ちょっと気になっていることがあったのを確かめたかったからです」

「それは、どんなことですか」

「話していいかどうか、わかりません。裁判員の守秘義務がありますから」

奥平が微《かす》かに眉根を寄せた。

「捜査上、必要なのですが、教えていただけませんか」

「喋る過程で、評議の内容に触れないと理解してもらえないこともあります。喋ってから、あとで守秘義務違反の疑いがあるなどと言われたらたまりませんよ。そういうことがないという保証があれば、いくらでもお話しいたします」

刑事が片頬を歪めたのは、私の態度に対してではなく、裁判員の守秘義務ということについてらしい。

「では、守秘義務違反に当たらない程度にお話しください」

「わかりました。その前に、刑事さんは母娘事件の捜査には携わったのですか」

「いいえ、私たちは直接タッチしていません」

あっさり否定してから、

「あなたは、並河富子さんが世話を受けていた男性の息子とトラブルがなかったかを気にしていたようですね」

と、奥平はきいた。

「そうです」

「それはどうして、そう思ったのですか」

「木原一太郎さんが、無実だと書き残して自殺を図ったからです。無実だとしたら、他に犯人がいることになる。そう思って、確かめに行ったのです」

「なぜ、あなたはそこまでしたのですか」

「我々裁判員は死刑判決を出したのです。それが間違っていたかどうか、気になったのです」

私は守秘義務違反のことを常に意識しながら話した。

「すると、広木さんも、あなたと同じ理由で、あの現場に行ったということも考えられますね」

「さあ、それはどうでしょうか」

私は首を傾げた。

広木淳がそこまでするとは思えない。彼は、木原一太郎の有罪を信じていたのだ。そこが、私と違う。

「なぜ、そう思うのですか」

「その理由は、評議の内容を話さないと理解してもらえませんから」

奥平はまた片頰を歪めた。

「あなたは、広木さんが殺されたことを知ったとき、どう思いましたか」

「すみません。その感想も、守秘義務違反に関係していますので、答えを控えさせてください」

この刑事は西羽黒吾一の件を知らないのだ。

私からきいた。

「刑事さんは、裁判員六名の名前をすべて洗い出したのですか」

「いや。あなたと広木淳だけです」

「調べようとはしなかったのですか」

「裁判所に問い合わせたが、教えてもらえなかったのですよ。それで、あなたにお聞きしようとしたのです」

「そうですか。やはり、裁判員の情報は外に流さないようになっているようですね」

私が感心して言う。

奥平は困ったような顔をして、

「これだけは教えてくれますか。広木淳殺しは、木原一太郎の裁判と関係があると思いますか」

「理由は言えませんが、私はその可能性が高いと思っています」

「理由が言えないのは、やっぱり守秘義務ですか」

「そうです」

始末におえない規則だと、刑事は言いたげだった。

「しかし、あなたが話しても、そのことを我々が黙っていれば問題は起きないでしょう」

未練たらしく、奥平がきく。

「仮の話、この後、何らかのことで、刑事さんが私に悪意を持ったとします。そのとき、私の言葉尻をとらえて、守秘義務違反で捕まえることも出来るのでしょう。だから、言えないのです」

広木淳殺しの疑いをかけられたとき、別件逮捕のネタにされるかもしれない。そのことを言ったのだ。

「わかりました」

奥平はいらだちを抑えて、

「広木さんが殺された日の夜、あなたはどこにいましたか」

「自宅にいました」

「それを証明してくれるものは何かありますか」

「さあ、ご覧のようにひとり暮らしですからね」

「奥さまは？」

「一年前に別れました」

「そうですか。すると、ここにいたことを証明出来ないわけですね」

守秘義務を理由に答えなかったことの仕返しをするように、奥平はねちねちと言った。

「広木さんが殺されたのは九時頃でしたか」

「その後の解剖の結果などから、九時半頃に絞られています」

「九時半ですか。思い出しました。七時過ぎにはこの部屋にいたことは証明出来ます。でも、その時間では、九時半までに現場に行けそうですね」

「七時過ぎにここにいたというのはどうして証明出来るのですか」

「裁判所から電話がかかって来たからです。翌日の呼び出しです」

「どんな御用で?」

「木原一太郎さんが自殺を図り、西……」

私はあわてて言葉を呑んだ。西羽黒のことを言おうとしたのだ。その名を出せば、ある先入観を刑事に与えかねない。

「すみません。裁判所に問い合わせてください。どうしても、説明するとなると、守秘義務違反になるような気がしてしまうんです」

「また、それですか」

奥平はうんざりしたような顔をした。

「広木さんを殺した犯人の手掛かりはまったくないんですか」

私はきいた。

「ええ、今のところは……」

「広木さんは、家電販売員だったそうですが、仕事上でのトラブルはなかったのですか」

「ありません。それに、家電販売員だったのは夏までのことでした」

「辞《や》めていたのですか」

「ええ」

「広木さんの女性関係は？」

「いまはつきあっている女性はいないようです」

「借金などはどうなのでしょうか。サラ金から金を借りていたとか」

「それもありません」

「広木さんは……」

「堀川さん」

たまり兼ねたように、奥平が私の言葉を制した。

「あなたは、何かご存じですね」

鋭く胸に突き刺さるような声だ。

「いえ、知りません。ただ、ある想像はしています。守秘義務に触れる可能性があるので、説明することは出来ませんが」

奥平は怒りを抑えながら、

「守秘義務と言いますが、それはあくまでも一般のひとたちに対してであり、殺人事件を捜査している我々には話してくれてもいいように思えるんですがね」

「もちろん、許しが出れば喋ります。ただ、私は事件のことはまったく知りません」

私は相手の鋭い視線を撥《は》ね返した。

「わかりました。また、出直しましょう」

奥平はテーブルに両手をついて立ち上がった。

私は何かきいておくべきことがないか考えた。だが、思い浮かばなかった。

刑事が帰ったあと、私は広木淳のことを考えた。

彼はなぜ、被害者の家の近くに行ったのか。私と同じように、事件を調べ直そうとしたのだろうか。

私と同じ結論を得たとしたら、どうだろうか。

そう思うそばから、尾行者のことを思い出した。気のせいではなかった。何者かがつけて来たのだ。

もし、そうだとしたら……。私は背筋に悪寒《おかん》を走らせた。広木淳の死と西羽黒吾一の死。西羽黒は自殺ではなく、ホームから突き落とされた可能性も出てくる。

翌日の夕方、私は京浜東北《けいひんとうほく》線で大森駅に向かった。

ホームで、私は無意識のうちに周囲に目を配っていた。電車が入って来たときは特に用心をした。

電車の中でも、車内に目を配った。だが、きょうは不審な気配はなく、大森に着いた。

並河留美子の別れた夫、新山三喜夫が大森北八丁目に住んでいるのだ。私は新山三喜夫が証言台に立ち、人定尋問を受けたときのことを思い出したのだ。

裁判長の質問に対して、彼ははっきりと、大森北八丁目三番、ユーカリマンションと答えた。

彼も離婚していた。同じ境遇にあったことで、彼への印象が強かったのだ。

そのユーカリマンションは大森駅から歩いて十分足らず。区の図書館の近くにあった。

古いマンションで、セキュリティーシステムは入っていないようだった。

一階の縦長の狭いホールに入ると、すぐ左手に、郵便受けが並んでいた。会社の事務所として使っている部屋も多い。

五階の五〇五号室に新山の名が書いてあった。

私はエレベーターで五階に上がった。出前の丼物《どんぶりもの》が出ている部屋や表札のかかっていない部屋の前を通り、新山と書かれた部屋の前に立った。

インターホンを押したが、返答はない。まだ、帰宅していないようだ。

私は一階に降りた。

外で、新山三喜夫の帰宅を待った。顔は覚えている。長身の痩せた男だ。

外は暗くなり、一時間の間に五人ほどマンションに入って行ったが、新山はまだ帰って来なかった。

七時を過ぎた。私は空腹を覚え、どこかで夕食をとろうとして歩き始めたとき、向こうから歩いて来る男を見た。

間違いない。法廷で見た男だ。

新山が近づいて来た。私の脇をすり抜けて、マンションの玄関に向かう。

「新山さん」

私は呼び止めた。

新山は立ち止まって振り返った。不審そうな顔で見ている。

「私は、裁判員をしていた堀川と申します」

「裁判員？」

ますます胡乱《うろん》な顔つきになった。

証人として証言台に立った者が、居並ぶ裁判員の顔など覚えているわけはない。

「ちょっとお訊ねしたいことがあるんです。少しだけお時間をいただけないでしょうか」

「なにをききたいんです。手短に願えますか」

新山は迷惑そうに言う。

「並河富子さんの旦那だった松川さんの家がどちらか教えていただきたいんです」

「なぜ、松川さんのことを」

新山は不思議そうな顔を向けた。

「松川さんの息子さんにお訊ねしたいことがあるんです」

「ですから、何のためにですか」

「ご存じかと思いますが、木原一太郎が無実だと訴えて自殺を図ったのです。そのことで、松川さんにおききしたいことが出来たのです」

「でも、なぜ、あなたがそんなことをするんですか」

新山は非難するような口調になり、そして、不愉快そうに顔を歪めた。

「それより、あなたはどうしてここがわかったのですか。そうか、人定尋問のことを覚えていて、ここに来たのですね。それって、いいんですか」

新山の態度が硬化した。

「そのとおりです。決して、あってはならないことだと思います。でも、やむを得なかったのです。聞いてください」

「聞く必要はありませんね」

新山は強引にマンションの玄関に入りかけた。

私はある程度話さなければならないと思った。

「あのときの裁判員六名のうち、ふたりが亡くなったんです」

「えっ」

新山が足を止めた。

「ひとりは電車に轢《ひ》かれて。事故か自殺かは、わかりません。もうひとりは、並河留美子さんの家の近くで殺されました」

私は振り返った新山に話した。

「ほんとうですか、それ」

新山の表情が変わった。

「はい。新聞には裁判員のことは出ていなかったと思いますが、いまだに犯人はわかりません。あのときいっしょに裁判員になった女性が怯えているんです。電車に轢かれたひとにしても、ホームから突き落とされた可能性だってあるんです」

新山は黙り込んだ。

「誰が何のために、裁判員だった男を殺したかわかりません。でも、裁判員だった者のうち、ふたりが不自然な死に方をしているんです。私たちは、並河さん母娘の事件にはまだ何かが隠されているのではないかと思っているんです。今、富子さん母娘のことをよく知っているのは松川さんの息子さんではないかと思ったんです」

ひとがやって来たので、新山は玄関の脇を離れた。私も移動する。

「どうか、松川さんの住まいを教えていただけませんか」

私は新山に頼んだ。

「上板橋《かみいたばし》です。留美子は、よく上板橋の親父と言っていました」

「上板橋のどこか、わかりませんか」

「知りません。でも、松川製作所という会社をやっているんです。すぐ探せるんじゃないですか」

「松川製作所ですか」

「息子は義和《よしかず》っていうんですよ。父親が亡くなったあと、義母にあの家から出て行くように迫っていたようです。義母は居座っていました」

「義和さんはどんなひとですか」

私は手応えを感じていた。

「義母の話では、普段はおとなしいひとだそうです。でも、いつまでも根に持つ陰険な性格だと言っていました」

新山の口ぶりは、松川義和に対して好意的ではないように思えた。

「あなたは、並河さん母娘が殺されたと聞いたとき、何があったのだと思いましたか」

答えまで間があったが、新山はおそるおそる口を開いた。

「何があったかはわかりません。ただ」

「ただ、なんですか」

「松川さんとのことで、彼女はこんなことを言っていました。ああいう男はかっとなると、何をするかわからないから怖いと」

「それは留美子さんが言っていたのですか」

「ええ。それで、松川義和と会うとき、私も同席させられたことがあります。私みたいな者でも、男がいれば相手への牽制になるとでも考えたのでしょう」

「つまり、ふたりは居座り続けることで、松川というひとに危険を感じていたということでしょうか」

「いや。それほど差し迫ったものではなかったと思いますが」

疑わしいことを言ったことを後悔するように、新山はあわてて言い直した。

「ありがとうございました。参考になりました」

礼を言い、立ち去ろうとするのを、新山は呼び止めた。

「木原一太郎ではないんですか」

新山は食い下がるようにきいた。

「新山さん。留美子さんはインターネットの出会い系サイトで男性と知り合おうとすると思いますか」

「いや。裁判では、離婚した寂しさから出会い系サイトを使ったのではときかれましたが、彼女のほうが勝手に出て行ったんです。離婚の寂しさなんてなかったはずです。それに、つきあっている男がいたんですから、私には腑《ふ》に落ちませんでした」

「留美子さんの名前で、木原一太郎とメールのやりとりをしていたのは母親の富子さんじゃなかったかと思うんです」

「えっ」

新山は驚いたようだが、

「あの母親は、したたかな女ですから」

と、顔を歪めてぽつりと言った。

私は帰途につく電車の中で、松川義和が犯人だったとしたら、と考えた。

事件の夜、松川義和は被害者の家をいきなり訪問したのだろうか。それとも、行く約束があったのだろうか。

その夜は、木原一太郎がやって来ることになっていたのだ。もし、松川義和とも約束していたら、ふたりはかち合ってしまうことになる。やはり、松川は不意にやって来たのかもしれない。

いや、とかねてから疑問に思っていたことが私の脳裏を掠《かす》めた。

富子は、なぜ木原一太郎を八時半に呼んだのか。客を招くには時間が遅いような気がする。

夕飯後ということでその時間を指定したとも考えたが、なんとなく腑に落ちない。もし、松川とも約束をしていたら……。

被害者宅のカレンダーの三月二十六日の欄に、八時と書き込みがあった。あの八時は誰かがやって来るというメモだ。

八時に松川義和がやって来ることになっていたのではないか。

「松川義和と会うとき、私も同席させられたことがあります。私みたいな者でも、男がいれば相手への牽制になるとでも考えたのでしょう」

新山の言葉を思い出す。

そうだ。富子は松川と会うことに恐怖心を持っていた。だから、三十分置いて、木原一太郎に八時半に来るように指定したのではないか。

もし、松川との話し合いの最中に、松川が激昂《げきこう》したとしても、そこに木原一太郎がやってくれば、松川への牽制になる。

そう計算したのではないか。新山を同席させたのと同じ理由で……。

私は興奮し、顔が熱くなった。

やはり、並河母娘を殺したのは松川義和だ。木原一太郎の供述はすべて事実だったのだ。彼が家に行ったとき、ふたりはすでに殺されていたのだ。

電車に揺られながら、私の考えはさらに、広木淳の事件に及んだ。

広木もまた、私と同じ考えを持ったのではないか。木原一太郎が自殺を図ったことに衝撃を受け、死刑判決に加担したことに自責の念にかられた。

彼にとって大きな問題は、木原一太郎はほんとうに犯人だったのか、それとも無実だったのかだ。

犯人だったとすれば、まだ救われる。だが、無実だった場合のことを考え、彼はいてもたってもいられなくなったのかもしれない。

彼は、私と同じように事件を独自に調べた。そこで、私とは別のやり方で、松川義和に目をつけたのではないか。

そして、彼はひとりで松川義和と対決した。だが、追い詰められた松川は広木までも手にかけた。

私はそう考えた。

しかし、またもその一方で、私は尾行者のことに思いを馳せた。裁判員が狙われている。そんな不安が過《よぎ》った。

気がついたとき、降りる駅を乗り過ごしていた。

5

翌日、私は池袋から東武《とうぶ》東上《とうじょう》線に乗り、上板橋で降りた。

新山三喜夫から松川義和のことを聞いたその日の夜に、つまり、きのうの夜に横田弁護士から電話があった。松川製作所の住所を調べてくれたのだ。

私はその番地に向かって歩いた。

日ごとに寒さが増していく。だが、木原一太郎の容体は回復に向かっている。きのう、横田弁護士は、木原が意識を取り戻したと言ったのだ。

真実を見つけて、木原一太郎の疑いを晴らしてやりたいという思いで、私は心を高ぶらせながら歩いている。

松川製作所の工場の前に立った。大きな敷地に工場がある。だが、その工場内は暗かった。その隣に、二階建ての事務所がある。

私は事務所のほうに足を向けた。

ドアを入ったが、ひとはまばらだった。

応対に出て来た事務員に、

「松川社長にお会いしたいのですが」

と、取り次ぎを頼んだ。

「どちらさまでしょうか」

怯えた態度だ。まさか、借金取りとでも思ったわけではあるまい。

「堀川と申します。並河さんの件で、とお伝えください」

「並河さまの件ですね」

事務員が確認してから、奥の部屋に向かった。

改めて、フロアを眺め、私は暗い気持ちになった。ひとが少なく、照明もだいぶ消えている。仕事がないのだ。改めて、不況の深刻さを思った。

さっきの事務員が戻って来た。

「どうぞ」

私は事務員に案内されて奥の部屋に入った。部屋といっても、衝立《ついたて》で仕切られただけの空間だった。

五十過ぎと思える短髪のがっしりした体格の男が机に向かっていた。茶色の作業着姿である。鼻の下に髭《ひげ》をたくわえ、強持《こわも》てのする顔立ちだ。大きな机の前に座っていなければ、とうてい社長とは思えない。

松川義和は座ったまま、私を冷たい目で見た。

私は深呼吸をしてから、松川の前に立った。

「松川義和さんですか。私は、堀川恭平と申します。並河さん母娘が殺された事件の裁判員をしていた者です」

私は相手の目を見返しながら言った。

松川はゆっくり椅子から立ち上がり、横にある応接セットに向かった。

「座って」

低い声で私に座るように促《うなが》し、松川は自分も両足を大きく広げて座った。

「失礼します」

テーブルをはさんで、松川と差し向かいになった。

私が口を開きかけたとき、さっきの女性がお茶を運んで来た。

湯呑みに茶托《ちゃたく》を添えて、私の前に置く。

「すみません」

松川の前にも湯呑みを置いて、女性が部屋を出て行った。

「話ってなんだね」

松川は挑戦的な口調だった。

「あなたと並河富子さんの間で、トラブルがあったと聞いて、事情をお伺いしたいと思ったのです」

松川が片頰を歪め、

「それが、あんたとどういう関係があるんだね」

と、低い声できいた。威嚇《いかく》するには一番いい顔つきと声かもしれない。

私はちょっと怖《お》じけたが、勇《ゆう》を鼓《こ》して切り出した。

「並河さん母娘を殺した容疑で、木原一太郎は死刑判決を受けました。でも、彼は無実を訴えて自殺を図ったのです」

「それが、私とどんな関係があるんだ」

松川の声は大きくなった。

「私は、木原一太郎は無実だと思っているんです。松川さんが並河さん母娘と近い関係にありましたから、何かご存じではないかと思いまして」

「俺が知るわけない」

松川はさらに威嚇するように右拳を握りしめた。

「木原一太郎が並河さんの自宅を訪ねたとき、すでに並河さん母娘は殺されていたのです。そのとき、犯人はまだ家の中にいたのだと思います」

私は自分の推理を話した。

「なぜ、そんな話を俺にするんだ」

怒りを抑えているのか、松川の声が震えた。

「そんな人間に心当たりはありませんか」

「あるわけない」

「さっきの件ですが、並河さんが住んでいた家の立ち退《の》きをめぐるトラブルがあったようですね」

松川の顔色が変わった。

「君に、そんな話をしなくちゃならない謂《いわ》れはない。引き上げてもらおう」

松川は立ち上がった。

「待ってください」

私も立ち上がって言う。

「木原一太郎の妹は、婚約者から結婚を破談にされたそうです。弟も会社を辞めさせられた。彼は無実なんです。それなのに、妹や弟までそのとばっちりを受けてしまいました。こんな酷《ひど》いことってありますか」

「帰れ」

松川はまなじりをつり上げて怒鳴《どな》った。

「広木淳という男をご存じですか。この男も、私と同じように独自に事件を調べ直していたようなのですが、先日、並河さんの家の近くで殺されたのです」

「帰れと言っているのがわからんのか」

松川の顔が紅潮していた。

恐怖心に襲われたが、私は踏ん張った。

私はしばらく松川とにらみ合った。だが、松川のほうが先に視線を逸らした。

証拠はないので、これ以上、追及することは無理だった。

「失礼します」

私は部屋を出た。

最初から、否定されることはわかっていたことだ。だが、言下《げんか》に否定された今、他に自分が出来ることは何もなかった。

それより、自分の行動が正しいのかどうか、私は疑問に思った。私は、証拠もなく、松川義和のところに押しかけた。それも、裁判員だったときの知識を利用してのことだ。

だが、木原一太郎の無実の罪を晴らすためだと、自分に言い聞かせた。

こうなったら、横田弁護士を頼るしかなかった。

翌日、私は横田弁護士の事務所に行った。

約束の十時の十分前だったが、横田弁護士に先客があった。しばらく待たされてから、私は執務室に入った。

「お待たせしました。さあ、どうぞ」

私は椅子を引いて座った。

「いかがですか、木原さんの容体は？」

「だいぶ回復しました」

「そうですか」

私はほっとした。

「で、お話というのは？」

横田弁護士が私に割いてくれた時間は三十分である。依頼人がやって来るのだという。

「あの事件について、私はある推理をしました。でも、証拠がありません。先生のほうで、調べていただけないかと思いまして」

「どんなことです？」

「並河富子さんが、旦那だった松川さんの死後、息子の義和さんとあの家のことでトラブルになっていたことをご存じですか」

「いえ」

横田弁護士は首を横に振った。

「息子の義和さんは、父親が亡くなったあと、父親の妾《めかけ》の富子が住んでいる家を処分しようとして追い出しにかかっていたそうです。それを、富子は居座り続けていたのです。富子にしてみれば、自分の家だと思っていたのでしょう。でも、旦那は名義を変えていなかったのです」

「松川義和さんが犯人だと言うのですか」

横田弁護士は真顔になった。

「並河さんが飼っていた犬も、もともとは松川さんが飼っていた犬の子どもだそうです。木原さんが被害者宅を訪ねたとき、犬が吠えなかったのは、犯行後の犯人がまだ家の中にいて、犬を抱いていたからではないでしょうか」

「なるほど」

横田弁護士は厳しい顔になって、

「しかし、証拠はあるんですか」

と、意地悪くきいた。

「ありません。残念ですが、あの家も取り壊されてしまいましたし」

「家が取り壊された？」

「ええ、松川義和さんが壊したそうです。殺人事件のあった場所だからというより、証拠隠滅の目的もあったんじゃないでしょうか」

私は身を乗り出した。

「警察は再捜査をしてくれないでしょうか」

「無理でしょう。自分たちの過ちを認めるようなことはしないでしょう」

「でも、木原さんは無実なのですよ」

「彼らは、そうはみていないのです。かりに、今のあなたのお話のとおりだとして、松川義和さんを起訴しても、裁判では有罪に出来ないでしょう。おそらく、裁判員だって、有罪にはしないと思いますよ」

「じゃあ、木原さんを助ける手立てはないというのですか」

「控訴審しかありません。控訴審で、松川義和さんを証人で呼びます。そこで、木原さん以外にも、犯人になり得る人間がいることを裁判官に認識させられれば、木原さんを無実に持っていけるかもしれません」

迂遠《うえん》だと思った。

すぐにでも、木原一太郎は釈放されるべきだと思うのに、控訴審まで待たねばならない。控訴審の判決が出るまで、彼は拘置所に留まらなければならないのだ。それに、控訴審でこっちが望むような結果になるかどうかわからない。

今さらながらに、警察、検察のみならず、この横田弁護士に対しても腹立たしい思いがする。

公判前整理手続では何をしていたのか。事件の全容解明が済んでいないまま、公判前整理手続を終えてしまったのではないか。

この裁判で、松川義和を証人で呼んでいれば、被告人が無罪になった可能性は高い。

今回の裁判では欠陥だらけの証拠を提示されて、それをもとに裁判員は評決を下さねばならなかったのだ。

その結果、被告人に死刑が宣告されたのだ。もし、それが過ちだったら……。裁判員も被害者だ。

現に、西羽黒吾一も死んでいる。事故か自殺か、不明だ。自殺だとしたら、木原一太郎が無実を訴えて自殺を図ったことに衝撃を受けたのだ。そのことで、西羽黒もまた、木原一太郎の有罪判決に疑問を持ちはじめたからだ。

仮に、おぞましい考えだが、何者かが裁判員に復讐をしているのだとしても、裁判の過ちが原因しているのだ。

木原一太郎の妹は婚約破棄、弟は会社を辞める羽目になった。今、木原一太郎の家族は地獄の底でのたうちまわっているのではないか。それを救うのは木原一太郎の一刻も早い名誉の回復でしかない。

このまま、控訴審まで待つ間に、松川義和は証拠を隠滅し、ますます犯人の位置から遠いところに行ってしまう。

なんとかならないのかと、地団駄を踏むような思いに襲われたとき、卓上の電話が鳴った。横田弁護士が受話器を摑む。

「うむ。お通しして」

横田は私を見て言った。

私は立ち上がった。

「失礼します」

執務室を出ると、依頼者らしい初老の男性が事務員に連れられて私の脇を通り過ぎた。

6

その夜、私のマンションに、先日の刑事が再びやって来た。

奥平と若い刑事だ。

「どうぞ」

私はふたりを部屋に引き入れた。警察の捜査状況も知りたかったのだ。

テーブルをはさんで向かい合ってから、奥平が切り出した。

「その後、広木淳の捜査は進展がありません」

無理もないと思った。警察は情報が少なすぎるのだ。よほど、松川義和のことを話そうかと思ったが、なんとか思い止まった。やはり、証拠がないことで、単なる誹謗中傷《ひぼうちゅうしょう》に終わりかねない。

「ただ、広木淳の行動が少しわかってきました」

「目撃者が見つかったのですね」

前回、目下目撃者を捜していると言っていたのだ。

「商店街の防犯カメラからは見つけることは出来なかったのですが、やっとひとりだけ見つかりました」

刑事は続けた。

「広木淳の上着のポケットに、パチンコ店のポケットティッシュが入っていたのです。駅前で、配っていたものです。その店名から、広木淳にティッシュを渡した女性が見つかりました。その女性は広木を覚えていました。事件のあった数日前から毎日五時過ぎに、見かけたというのです」

刑事は疲れたような顔で、

「つまり、広木淳は数日間、毎日、あの駅からどこかへ向かっていたのです。もちろん、方角は殺された現場のほうです」

「毎日ですか」

私は疑問に思った。

松川義和のことを調べるとしたら、場所が違う。それに、五時過ぎにやって来たというのも解《げ》せない。

「死体が見つかった桜台南公園で、近所の主婦は夜にあやしい男を見ていました。それも、毎夜」

「その男が広木淳ですか」

「そうだと思います」

奥平は言う。

「あなたは、広木の行動から何か思い当たることはありますか」

「いえ」

私は小首をひねった。

刑事はすぐに次の質問をしてこなかった。おやっと思っていると、やっと刑事の唇が動いた。

「じつは広木さんはある理由で、家電販売員を辞めさせられたんです」

「なんですか、その理由とは?」

刑事は少し、迷ってから、

「ストーカーです。広木さんは、客として訪れた女性につきまとっていた。その女性から店に訴えがあり、広木さんのストーカー行為が発覚したそうです。警察沙汰にはならなかったのですが、そのことで家電販売店を辞めさせられたということです」

「ストーカー……」

私はそんな男が裁判員になったことに驚きを隠せなかった。

「広木さんはまたストーカーをしていたんじゃないかという形跡があるんです。女性のあとをつけていたようだという目撃情報もあるのです」

「あの近辺に住む女性にストーカーをしていたというのですか」

そうだとすると、事件の様相はまったく別のものになる。事件の真相を探ろうとして、広木淳が松川義和に近づいたと考えたのは間違いだったことになる。

つまり、広木淳殺しと、並河留美子母娘殺害事件の裁判とはまったく無関係だった。

しかし、広木が付け狙っていた女性が、よりによってあのような場所に住んでいようとは……。

そう考えて、手の先から全身に電流が走ったような感覚に襲われた。

「どうしましたか」

私の顔色の変化に不審を抱《いだ》いたのだろう、刑事がきいた。

「もしかしたら」

私は、あのときの証人尋問の場面を思い出した。

「あなたは、いつも何時頃、犬を散歩させているのですか」

証人の井村智美に、広木はそうきいたのだ。

井村智美は、目鼻だちが整い、二つボタンのチャコールグレーのジャケットにスカートという姿で、華やかな感じがした。

「会社に行く前の朝七時と、会社から帰ったあとですから、だいたい夜の九時頃です」

「散歩のコースはどの辺りなのでしょうか。被害者の家の前を通るとか」

「いいえ、いつも散歩する公園は並河さんの家とは反対方向なので、そっちには行きません」

その質問にどのような意味があるのか、私は理解出来なかった。今から思えば、審理とはまったく無関係の質問だったのだ。

「刑事さん。もし間違っていたら、そのひとに迷惑をかけてしまいます。ですから、これから言うひとのことは慎重に調べていただけますか」

「もちろんです」

刑事は請け合った。

「私たちが裁判員になった裁判の審理で、広木さんは証人の井村智美さんのことが気にいったのかもしれません」

「井村智美さんですね」

「ええ。二十八歳の、とてもきれいな女性でした。あの近辺に住んでいるはずです。彼は人定尋問で述べた住所を紙に控えていたのかもしれません」

「わかりました。さっそく調べてみます」

刑事が引き上げ、ひとりになると、改めて事態が悪くなったと思わざるを得なかった。

もし、広木淳が井村智美にストーカー行為を働いたのだとしたら、あの裁判員裁判が犯罪を誘発したことになる。広木淳の事件は、西羽黒吾一の死とは別次元のことなのか。それに、私を尾行していた人物の存在はどうなるのか。

私は頭が混乱してきた。

携帯電話が鳴った。石渡千佳からだった。

「ごめんなさい。今、だいじょうぶですか」

「ええ」

「これからお伺いしてもいいでしょうか」

「美緒子のことなら、もう終わったことですが」

「あなたにお会いしたいというひとがいるんです。ぜひ、あなたに話がしたいと」

「誰ですか」

そのような相手に、私は想像がつかなかった。

「男性です」

「男性? 誰ですか」

答えるまで間があった。

「沖田さんです」

「沖田?」

とっさに思いつかない。沖田と聞いて思い浮かぶのは……。

「まさか」

「そうです。その沖田さんが、ぜひ、あなたにお話がしたいそうです」

「冗談でしょう。なぜ、私がそんな男と話し合わなきゃならないんですか」

「お願いです。これで最後にします。だから、お話を聞いてあげて。あなたのためにも、彼女のためにも」

「私のためだって」

私は呆れ返った。

「そんな男と会うことが私のためになるはずないでしょう。失礼します」

「待って」

絶叫するように、千佳が言った。

「逃げないで」

「逃げてなんかいません」

私は言下に答えたが、その言葉は胸に突き刺さった。

「お願いです。沖田さんの話を聞いてあげて」

そこまで言われては無下《むげ》に断ることは出来なかった。

「わかりました。今、どちらに？」

「マンションの前です」

私は驚いて和室の窓を開けた。四つ角に、携帯を耳にあてがっている千佳が見えた。その隣に、男が立っていた。

「寒いでしょう。どうぞ来てください」

私は窓を締《し》めて言った。

待つほどもなく、千佳と沖田という男がやって来た。

「沖田さんです」

千佳が私に引き合わせた。

沖田は私と同年齢のおとなしそうな顔をした男だった。

「どうぞ」

私はふたりに椅子を勧めた。

さっきまで、刑事が座っていた椅子に、千佳と沖田が腰を下ろした。

私は向かいに座り、沖田の話を聞く体勢をとった。

「突然、押しかけて申し訳ありません」

沖田が突然の訪問を詫びた。

「沖田さんのお母さん、今、入院しているそうです」

千佳が言う。

何日か前に救急車で運ばれて来た患者を思い出した。美緒子が付き添っていたから、沖田の母親だったに違いない。

「堀川さん、はっきり言います。私と美緒子さんは、今いっしょに暮らしていますが、指一本触れていません」

沖田が妙なことを言い出した。

「それに、彼女は離婚届をまだ役所に提出していません」

「なぜ？」

私はきいた。

「彼女は私の母親のために、私のところに来てくれたのです。偶然、町で再会したとき、私の母が病気で、私がひとりで看病していると知り、私の家に来てくれたのです。でも、彼女は、今でもあなたのことが好きなのです。母はもう余命幾許《いくばく》かです。どうか、美緒子さんを迎えてあげてください。母を看取ろうとしてくれただけで、私は感謝しています。さっきも言いましたように、私たちには男女の関係はありません」

「若い頃、美緒子は沖田さんと結婚するつもりでいたんです。沖田さんの家にも何度も遊びに行き、沖田さんのお母さんにもすっかり可愛がられていたの。そのことは私も知っています」

千佳はテーブルの上に置いた自分の手を見つめながら続けた。

「沖田さんのお母さんも美緒子が息子の嫁になると思っていたそうよ。でも、美緒子は沖田さんと結婚しなかった。あなたが現れたからよ。あのとき、美緒子がどんなに悩んでいたか、私はよく知っているわ」

私も当時、美緒子にはつきあっていた男がいたことを知っていた。美緒子を強引に奪ったのだ。

「一昨年、美緒子は偶然、沖田さんと十数年振りに再会したの。そのとき、喫茶店に入って話をしたらしいわ。それで、沖田さんがずっと独身でいたこと、沖田さんのお母さんが病気だということを知ったそうよ」

「そのとき、母が喜ぶと思うから一度会いに来てくれないかと、私は頼んだんです」

沖田が申し訳なさそうに言う。

美緒子にとっては、沖田の母親には恩義もあり、また懐《なつ》かしくもあり、会いに行った。そんな気持ちになったのは、私が仕事の忙しさにかまけて、美緒子の心を慮《おもんぱか》ってやらなかったこともあるかもしれない。

「美緒子さんに会った私の母は泣きながら、美緒子さんにしがみついたんです。息子はあなたのことが忘れられなくて、ずっと独身を通してきたと、母が言ったんです。まさか、母があんなことを言うとは思いませんでした」

そのときのことを思い出したのか、沖田は唇をかみしめた。

沖田の母親はガンに罹《かか》っていた。その看病のために、沖田は苦労している。もし、美緒子が沖田と結婚していたら、三人の人生はずいぶん違っていたことになっただろう。美緒子はそのようなことを考えたのかもしれない。

「彼女、沖田さんのお母さんの最期を看取ってあげたいと思ったそうよ。ずっと沖田さんやお母さんには裏切ったという負い目を持っていたんでしょうね。だから、あなたと離婚して、沖田さんのところに走ったのは、あくまでもお母さんの看病のため。沖田さんといっしょに暮らすようになったのも、離婚届の件もお母さんを安心させるため」

千佳は懸命に訴える。

私はストレッチャーの傍らにいた美緒子を思い出した。美緒子なりの昔の罪滅ぼしだったのかもしれない。

「沖田さんはそのことをわかっていたそうよ。あなたに美緒子を迎えに来てほしいというのが沖田さんの願い」

「あなたは、それでいいんですか」

私は沖田に問うた。

「はい。母の面倒をみてくれたことだけで十分です。母に、最後にいい思いをさせてあげられたことだけで、満足です。美緒子さんには感謝をしています。私はあなたに話しかけようと、会社の前で待っていたこともありました。一度、あなたのあとをつけたけど、結局言葉をかけられなかったんです。その勇気がなかった。だから、石渡さんにお願いしたんです」

「あとをつけた？」

私は聞きとがめた。

「じゃあ、あれは……」

事務所から浅草橋の駅に向かう途中、誰かに見つめられているような気がした。あれは、沖田だったのか。

美緒子はある意味、自分を犠牲にして沖田の母親のために尽くしたのだ。そうだ、自分が不幸になることを覚悟で、私から離れて行った。

だが、美緒子は不幸ではない。短い時間だったが、沖田の母親に愛され、そして沖田にも愛されたのだ。

沖田が、美緒子を私のもとに帰そうとしていることでも、そのことはわかる。美緒子は幸せな時を過ごしたのかもしれない。

私は美緒子の気持ちが理解出来た。

なんだか、心の迷いが吹っ切れた。私にも、自分を犠牲にしてでもやらねばならないことがあるのだ。

胸のつかえが急にとれたような晴れやかな気持ちになった。

「ありがとう、千佳さん。おかげで、もやもやしたものが晴れました」

私は正直な気持ちを言った。

「えっ、わかってくださったのですね」

「ええ。あなたや沖田さんの気持ちはよくわかりました」

「よかった」

沖田は笑みを見せたが、その笑みの裏に悲しそうな表情が隠れているのに気づいた。

「私は、今、あることをしようとしています。今は、そのことで頭が一杯なのです。ですから、私には美緒子を守ってやることは出来ません」

「えっ」

ふたりが同時に声を上げげた。

「美緒子を守っていってあげられるのは沖田さんしかいない。石渡さんも、そう思いませんか」

千佳が口を半開きにした。

「本気なのですか」

「ええ。じつは、先日、偶然に大井町の南大井中央病院で彼女を見かけたんです。沖田さんのお母さんが救急車で運ばれたみたいでした。そのときの彼女の顔を見て、私は複雑な気持ちになったんです。はじめて見る彼女の表情でした。今、あなた方のお話を聞いて、よくわかりました。あれは実の母親を心配するような気持ちが溢《あふ》れていたんです。彼女は自分の心を偽っていません。美緒子は沖田さんと暮らすべきです」

「堀川さん」

沖田の目に戸惑《とまど》いの色が浮かんだ。

「あなたは、それでいいのですか」

千佳が問い詰めるようにきく。

「ええ。今まで、あなたにぶっきらぼうだったのも、心の底では美緒子に対する未練があったんですね。きょうの話を聞いて、それもすっきりしました」

「わかりません。あなたの気持ちが」

千佳は眉根を寄せた。

「美緒子が離婚届をまだ提出していないのは私への未練なんかじゃない。そういう感情とは別に、私が不幸にならないか、気がかりなのです。彼女に話してください。私は元気になったと。そして、今は素直に沖田さんとのことを祝福すると」

千佳が疑わしそうな目を向けているので、

「これですっきりしたので、私も再婚に踏み切れるかもしれません」

と、私は言った。

「再婚ですって」

「ええ。そこまで行くかわからないのですが、もしかしたら」

私は嘘《うそ》をついた。

「そうですか」

千佳が表情を和《やわ》らげた。

「あなたが、そう言うのなら」

ふっとため息をついて、千佳は気を取り直したように言う。

「いけない。それでは、美緒子さんの気持ちはどうなるのですか」

沖田が抗議するように言う。

「沖田さん。美緒子にはあなたのほうがふさわしいんです。私には私の生きる道がありま
す。どうぞ、彼女を幸せにしてあげてください」

私は沖田に手を差し出した。

「そろそろ失礼します。沖田さんに会ってもらってよかったわ」

そう言い、千佳は立ち上がった。

「私もです」

私はふたりを玄関の外まで見送った。

そして、部屋に戻るなり、急激に悲しみが襲ってきた。なぜだか、わからないほどの切
なさに襲われた。いや、わかっている。美緒子とまったく縁が切れたという衝撃だ。

いっときの悲しみが去ったあと、私はあることに立ち向かうために、一切のことを心の
中から振り払った。そのために、美緒子との縁を断ち切ったのだ。

7

翌日、私は南大井中央病院に稲村を訪ね、私の決意を語った。稲村は、君の好きなようにやりなさいと言ってくれた。

そして、次の日。私はJR浅草橋駅の改札で古池美保と金沢弥生を待っていた。

三人で、鳥越にある西羽黒吾一の家に行くことになっている。古池美保が西羽黒吾一に線香を上げに行きたいと言うと、金沢弥生も私も行きたいと言ったのだ。私はふたりに稲村にも話した決意を語った。

ふたりとも、協力すると言ってくれた。

電車が着くたびに、改札からたくさんのひとが吐《は》き出されて来る。

皆、忙しそうに私の目の前を通り過ぎて行く。深刻そうな顔をした中年男や不安そうな顔をした年配の男、イヤホーンを耳に当てた若い女。大きな荷物を持った男やギターケースを背負った女。さまざまな人間が行き交う。

きのう、奥平がやって来て、広木淳殺しの容疑で井村智美の恋人を捕まえたと教えてくれた。

井村智美の恋人は容疑を認めているという。井村智美にしつこくつきまとうので抗議したところ、相手が先に襲ってきたのだと供述しているらしい。しかし、死人に口無しで、容疑者が都合のよいように話している可能性もあるらしい。

私は広木淳に対する怒りがなかなか消えない。裁判員として知り得た知識を悪用して、証人に出た女性にストーカー行為に及ぶなどとは卑劣過ぎる。

かといって、殺人が許されるわけではない。

最初に古池美保が現れ、次に金沢弥生がやって来た。

「すみません。お待たせして」

約束の時間より十分過ぎていた。

「いえ。じゃあ、行きましょうか」

私たちは階段を下り、江戸通りを蔵前のほうに向かって歩き出した。ひとが多かったので、途中から裏通りに入る。

「広木さんを殺した犯人が捕まったそうです」

私はふたりに経緯を話した。

「ショックだわ。広木さんが証人に出たひとにストーカーだなんて」

古池美保がため息をついた。

「私がショックだったのは、裁判員の中にストーカーをしていた男が選ばれたということです。そういう人間も加わって、ひとを裁いていたんですから」

私は割り切れないように言う。

「この事件も、裁判員裁判として行なわれるのですよね。この事件に選任された裁判員はどんな心境で審理に臨むんでしょう」

裁判官も検察官も弁護士も、そして選ばれた裁判員も、裁判員絡みの事件を審理することになる。

そんな話をしているうちに、蔵前橋通りに出て向こう側に鳥越神社が見えてきた。

西羽黒吾一の家の前に立ち、インターホンを鳴らす。

しばらくして、通夜と告別式で会った西羽黒吾一の妻女が出て来た。

私が来意を告げると、妻女は私たちを部屋に上げてくれた。

仏壇には真新しい位牌《いはい》が飾られている。線香を上げ、合掌《がっしょう》をする。

仏壇から離れ、客間に移動した。

「きょうはありがとうございました」

西羽黒吾一の妻女がお茶をいれてくれた。

「裁判員として僅か四日間というつきあいでしたけど、なんだか家族を失ったような気がします」

古池美保がしみじみ言うと、

「ええ。ちょっと頑固そうでしたけど、ほんとうに正義感に燃えたやさしいひとでした」

と、金沢弥生も寂しそうに続けた。

「我々は、西羽黒さんとごいっしょした四日間を大切な思い出として胸にしまっていきます」

私が言うと、妻女が俯《うつむ》いた。

「ありがとうございます。裁判員としていっしょだっただけなのに……」

妻女は涙を拭《ぬぐ》った。また、悲しみが襲ってきたのだろう。

「奥さん。じつは私たちは……」

と、私は自分の決意を語った。

「木原一太郎さんの無実の罪を晴らし、母親の心をなぐさめ、さらには妹さんの婚約破棄の解消、弟さんの職場復帰を図るために、記者会見をすることにしました」

「記者会見？」

「はい。裁判が終わったあと、裁判員は記者会見をするのが慣例になっていました。でも、私たちはそれをしませんでした。死刑判決の重みに堪えられなかったからです。でも、遅ればせながら記者会見をします。評議の内容を話すことになり、当然我々は、守秘義務違反に問われるでしょう。場合によっては罰則を受けるかもしれません。その覚悟は出来ています」

妻女は目を見張っていた。

「ただ、場合によっては、そのために西羽黒さんの死が新聞記者の話題になるかもしれません。そのために、新聞記者が奥さんのほうに取材に来るようなこともあり得るかもしれません。でも、どうか、私たちの行動を許してほしいのです」

「お願いいたします」

古池美保と金沢弥生は同時に言った。

妻女はしばらく戸惑ったように呆然《ぼうぜん》としていたが、ふいに顔を上げた。

「主人は、木原一太郎というひとが自殺を図ったというニュースを見て、相当ショックを受けていたのです。自分が殺したようなものだと」

「それは違います」

「有罪の流れを作ったのは俺だとしょげていました。私は誰にも言っていませんが、主人は自殺でした。私宛ての遺書に、そういうことが書いてありました」

「遺書があったのですか」

私は驚いてきいた。

「はい。遺書はすぐに燃やしてしまいました。主人の不名誉なことを隠したいと思ったのです」

「そうでしたか」

やはり、西羽黒は自殺だったのだ。

さぞ、辛《つら》い思いをしただろうと、改めて西羽黒吾一の胸中を思いやった。

「ですから、主人が生きていたら、きっとあなたたちと同じ行動をとったと思います。どうぞ、記者会見に主人も参加させてやってください」

妻女は目に涙をためて訴えた。


十二月二十四日。記者会見の当日である。

記者会見の場は、弁護士会館の会議室を借りた。横田弁護士が会場の設定やら司法記者への連絡やらをやってくれたのだ。

もちろん、最初は横田弁護士は大反対した。松川義和が犯人であるという証拠はない。間違っていたら大変な人権問題だと。それに守秘義務違反を押してまで記者会見をするなど、裁判員裁判に対する批判になる。君たちのやろうとしていることは、自己中心的な正義感に他ならないと。

しかし、松川義和を告発するのが目的ではない。木原一太郎が無実だということを訴えたいだけだと言い、横田弁護士の反対を押し切ったのだった。

もっとも、横田弁護士が私たちの要求を聞き入れてくれたのは、もともと裁判員制度に反対だったからかもしれない。

「ここに裁判官はおりませんが、我々だけで、改めて評議を行ないます」

私は切り出した。

午後二時からの会見を前に、私たちは控室で、評議をやり直した。古池美保と金沢弥生の他に、稲村久雄が医師から特別の許しを得て加わっていた。

そして、さらに、西羽黒吾一が遺影で参加をしていた。

「証拠がないので、口にすることが憚られますが、並河留美子と富子を殺したのは松川義和だと思います。事件の夜、松川義和は富子の家に八時に訪問することになっていた。家の立ち退きの件での話し合いのためです。話し合いが長引き、松川義和に長居されてしまうことを用心し、富子はその三十分後に、木原一太郎さんを自宅に呼んだのです。ところが、松川義和はかっとなって、富子も留美子も殺してしまった。そこに、木原さんがやって来たのです。そのとき、犬は松川義和が抱いていたのだと思います。もともと、その犬は松川の父親の家で飼っていた犬の子どもでした」

私は事件について語ったあとで、

「木原一太郎さんの無罪について異論はありませんか」

と、きいた。

「ない」

「ありません」

「私も」

「全員一致で、木原さんの無罪が決まりました」

私がそう告げたとき、稲村が言った。

「私はもう先がないからいいが、あなたたちは未来がある。守秘義務違反に問われ、今の生活を奪われたら困るはず。もう一度、考え直したらどうだ」

「いえ、たとえ、罰則を受けたとしても構いません。それよりも、もっと大切なものはあるはずです。私たちは、私たちなりの正義を貫き通したいのです」

私が言うと、古池美保と金沢弥生も頷いた。

しかし、記者会見では私が中心で説明をするつもりだった。守秘義務違反に問われるのは私ひとりで十分だ。

「そろそろ時間です」

横田弁護士が顔を出した。

私たちは控室を出た。

会見場の会議室に行くと、会場は百名近い新聞記者やカメラマンが集まって、後方の壁際に立っているひとが大勢いた。

死刑宣告された被告人の自殺未遂、裁判員だった西羽黒吾一と広木淳の死と、僅かな期間で起きた出来事に、マスコミの関心は高く、テレビのワイドショーも取材に来ていた。

私たちは記者たちに向かい合うようにして、横一列に並んで座った。私と稲村が中央に並び、その両側に古池美保と金沢弥生、そして、私と稲村の間の机の上に、西羽黒吾一の遺影が立てられた。

午後二時ちょうどに、横田弁護士がマイクを持って第一声を放った。

「本日はお忙しい中をお集まりいただきまして……」

私は緊張していた。

「木原一太郎に関わる殺人被告事件の審理に参加した裁判員の方々から、ぜひ記者会見をしたいという要望があり、本日このような席を設けた次第であります。それでは、最初に壇上に並んだ裁判員の方に自己紹介していただきます。皆さまから向かって左の方から、どうぞ」

横田弁護士が声をかけた。

「古池美保です。看護師をしています」

「堀川恭平です。輸入雑貨の販売をしています」

「稲村久雄です。定年し、隠居生活です」

「金沢弥生です。スポーツインストラクターです」

「以上です。なお遺影のお方は西羽黒吾一さんです。では、堀川恭平さんよりご挨拶させていただきます」

横田弁護士の声に、私は卓上のマイクに向かい、

「本日はお忙しい中をお集まりいただき、ありがとうございます。我々、裁判員は十一月十九日の判決公判のあと、ある理由から記者会見をしませんでした。そこで、きょう、改めて記者会見を開かせていただきました。しかし、ここに集まっているのは六名のうち二名が欠けて四名、それにひとりが遺影での参加となっております」

私は前置きを言ってから、

「先ほど、私たち遺影参加の西羽黒吾一さんを含め五名にて評議をやり直し、被告人の木原一太郎さんの無罪を決定いたしました」

会場がざわめいた。

「なぜ、このような結論に至ったのか。また、先の裁判での評議はどのようなものであったかを、これからお話ししていきたいと思います。当然、守秘義務違反に当たり、罰則を受けることは覚悟の上でございます」

ふと、ストレッチャーの脇で、心配そうに沖田の母親の様子を窺っていた美緒子の姿を思い出した。

彼女は恩に報いるために、あえて苦難の道を選択した。私も彼女に負けないように苦難に立ち向かって行くつもりだった。

「先の裁判では、評議の結果、被告人木原一太郎は有罪となり、死刑判決が下されました。このときの評議は……」

いよいよ、評議の内容の暴露に差しかかろうとしていると、なんだか騒がしくなった。

横田弁護士の傍に誰かが駆け寄って行くのが目の端に映った。

それから、横田弁護士が私の傍にやって来た。

「松川義和が、並河母娘殺しで自首してきたそうだ」

「えっ」

「もう、記者会見をする必要はない。この場は、我々がなんとかする。早く、引き上げなさい。守秘義務違反で捕まるなんてつまらない」

「行こう」

稲村久雄が言った。

「はい」

私も立ち上がった。

記者たちの騒ぎを背に、私たちは会議室を出て行った。

正月明け、私は古池美保と金沢弥生と共に南大井中央病院に向かった。

松川義和はすべてを自供した。不況のため、仕事が減り、資金繰りが苦しくなった。富子が住んでいる家を売りたいが、富子が居座り出て行こうとしない。最後の話し合いのつもりで事件の夜に出向いたが、富子と言い合いになり、かっとなって殺してしまったと話しているという。

木原一太郎は回復し、早めに開かれる控訴審裁判で、無罪が言い渡されるのは確実になった。

さらに、横田弁護士が木原一太郎の妹と弟のこともうまくいきそうだと話していた。やっと、私は肩の荷が下りたように心が軽くなった。

沖田と美緒子のほうもうまくいっているらしい。

エレベーターに乗り、四階に上がり、私は稲村久雄の病室に行った。

しかし、病室に稲村はいなかった。別の患者に代わっていた。私はナースセンターに顔を出した。

看護師長らしき年配の女性に、

「稲村久雄さんの部屋は変わったのですか」

と、きいた。

看護師長らしき女性は深刻そうな顔で、

「稲村さんは去年の暮れにお亡くなりになりました」

「えっ」

私は絶句した。

稲村久雄はまだ若かったのだ。

「ご遺体は別れて暮らしていた息子さんというひとが引き取っていかれました」

「最期はどうだったのですか」

古池美保がきいた。

「安らかでした」

看護師長らしき女性は思い出したように、

「あなたはひょっとして堀川さんですか」

「はい、堀川ですが」

「ちょっと待ってください」

そう言って、机のほうに行き、引き出しから何かを持って来た。

手紙のようだ。

堀川さんへ、と書かれている。女文字だ。稲村から頼まれたので、封筒に書いておいたのだろう。

私は受け取り、封筒の中身を引き出した。

二つ折りのメモ用紙が入っていた。開いて、私は古池美保と金沢弥生のふたりに見えるようにメモを開いた。

乱れた字で書かれていた。

最後の力を振り絞って書いたのだろう。

「堀川くん。私は大きな過ちを犯したまま、死んでしまうところだった。それを君によって、正すことが出来た。お礼を言う。これでこころおきなく、あの世に行ける。ありがとう。古池さん、金沢さんもお元気で……」

私は読み上げながら胸が熱くなった。

病院を出るまで、三人とも口をきかなかった。

外に出ると、春を思わせる陽射しが顔に当たった。

「稲村さん、安らかに天国に行ったみたいでよかったわ」

と、古池美保があえて明るい声で言った。

「そうですね」

金沢弥生も言う。

「とうとう我々三人だけになってしまいましたね」

私は寂しく言う。

「でも、亡くなった三人のためにも、我々は元気に生きていかなければ」

古池美保が元気よく言う。

しかし、結果としてうまくいっただけで、ほんとうに私の行動が正しかったかどうか、ふと疑問に思うことがある。

幸いにして、松川義和が自首してくれたからよかったが、もし、あのまま記者会見を続けていたらどうなっただろうか。

それより、松川義和が犯人でなかったら……。そう思うと、横田弁護士から言われた、自己中心的な正義感だという言葉が重くのしかかる。

「いろいろ辛かったけど、この経験を生かして、お互い頑張っていきましょう」

私は手をかざして青く澄んだ空を見上げた。

（本書は『裁判員―もうひとつの評議』と題し、二〇一〇年四月、ＮＨＫ出版から
刊行された作品に、著者が加筆修正したものです。本書はフィクションであり、
登場する人物、および団体名等は、実在するものといっさい関係ありません）

一〇〇字書評

切・り・取・り・線

購買動機（新聞、雑誌名を記入するか、あるいは○をつけてください）

□（　　　　　　　　　）の広告を見て
□（　　　　　　　　　）の書評を見て
□ 知人のすすめで　　□ タイトルに惹かれて
□ カバーが良かったから　　□ 内容が面白そうだから
□ 好きな作家だから　　□ 好きな分野の本だから

・最近、最も感銘を受けた作品名をお書き下さい

・あなたのお好きな作家名をお書き下さい

・その他、ご要望がありましたらお書き下さい

住所	〒				
氏名		職業		年齢	
Eメール	※携帯には配信できません		新刊情報等のメール配信を 希望する・しない		

この本の感想を、編集部までお寄せいただけたらありがたく存じます。今後の企画の参考にさせていただきます。Eメールでも結構です。

いただいた「一〇〇字書評」は、新聞・雑誌等に紹介させていただくことがあります。その場合はお礼として特製図書カードを差し上げます。

前ページの原稿用紙に書評をお書きの上、切り取り、左記までお送り下さい。宛先の住所は不要です。

なお、ご記入いただいたお名前、ご住所等は、書評紹介の事前了解、謝礼のお届けのためだけに利用し、そのほかの目的のために利用することはありません。

〒一〇一－八七〇一
祥伝社文庫編集長　清水寿明
電話　〇三（三二六五）二〇八〇

祥伝社ホームページの「ブックレビュー」からも、書き込めます。
www.shodensha.co.jp/bookreview

祥伝社文庫

もうひとつの評決《ひようけつ》

令和 5 年 2 月 20 日　初版第 1 刷発行
令和 5 年 5 月 15 日　　　第 3 刷発行

著　者　小杉健治《こすぎけんじ》
発行者　辻　浩明
発行所　祥伝社《しようでんしや》
東京都千代田区神田神保町 3-3
〒 101-8701
電話　03（3265）2081（販売部）
電話　03（3265）2080（編集部）
電話　03（3265）3622（業務部）
www.shodensha.co.jp

印刷所　萩原印刷
製本所　ナショナル製本
カバーフォーマットデザイン　芥 陽子

Printed in Japan ©2023, Kenji Kosugi　ISBN978-4-396-34870-0 C0193

祥伝社文庫の好評既刊

小杉健治　灰の男（上）

B29を誘導するかのような放火、空襲警報の遅れ——昭和二十年三月十日の東京大空襲は仕組まれたのか!?

小杉健治　灰の男（下）

愛する者を喪いながら、歩みを続けた昭和の人々への敬意。衝撃の結末が胸を打つ、戦争ミステリーの傑作長編。

小杉健治　偽証《ぎしょう》

誰かを想うとき、人は嘘をつくのかもしれない。下町を舞台に静かな筆致で人の情を描く、傑作ミステリー集。

小杉健治　容疑者圏外

夫が運転する現金輸送車が襲われた。共犯を疑われた夫は姿を消し……。一・五億円の行方は？

小杉健治　死者の威嚇《いかく》

身元不明の白骨死体は、関東大震災で起きた惨劇の爪痕なのか？　それとも——歴史ミステリーの傑作！

小杉健治　隠し絵　風烈廻り与力・青柳剣一郎(56)

宝の在り処《ありか》か、殺人予告か、それとも——？　見知らぬ男から託された錦絵の謎。そこに描かれた十二支の正体とは？

祥伝社文庫の好評既刊

石持浅海
賛美せよ、と成功は言った
成功者の前で「殺意のスイッチ」を押したのは誰か？　女たちの静かで激しい心理戦。そして終焉後に走る、震慄――！

石持浅海
Rのつく月には気をつけよう 賢者のグラス
名探偵は美酒で目醒める――。あの小粋な〝宅飲み〟ミステリーが帰ってきた。旨い酒×絶品グルメ＝極上の謎解き！

五十嵐貴久
ウェディングプランナー
夢の晴れ舞台……になるハズが!?　結婚式のプロなのに自分がマリッジブルーに。さらに、元カレまで登場し――。

五十嵐貴久
愛してるって言えなくたって
一時の迷いか、本気の恋か？　妻子持ち三十九歳営業課長×二十八歳新入男子社員の爆笑ラブコメディ。

乾　緑郎
ライプツィヒの犬
世界的劇作家が手掛けた新作の稽古中、悲惨な事件が発生――そして劇作家も姿を消す！

乾　緑郎
彼女をそこから出してはいけない
老夫婦の惨殺現場で保護された少女。やがて彼女の周辺の人々に、次々と異変が起き……。

祥伝社文庫の好評既刊

大崎　梢　**空色の小鳥**

その少女は幸せの青い鳥なのか？　亡き兄の隠し子を密かに引き取り育てる男の、ある計画とは……。

大崎　梢　**ドアを開けたら**

マンションで発見された独居老人の遺体が消えた！　中年男と高校生のコンビが真相に挑む心温まるミステリー。

近藤史恵　新装版　**茨姫《いばらひめ》はたたかう**

臆病な書店員に忍び寄るストーカーの素顔とは？　迷える背中をそっと押す、整体師探偵・合田力シリーズ第二弾。

近藤史恵　新装版　**Shelter《シェルター》**

殺されると怯える少女――秘密を抱える姉妹の再出発の物語。心のコリをほぐす整体師探偵・合田力シリーズ第三弾。

坂井希久子　**虹猫喫茶店**

「お猫様」至上主義の喫茶店にはワケあり客が集う。人生、こんなはずじゃなかったというあなたに捧げる書。

坂井希久子　**妻の終活**

余命一年。四十二年連れ添った妻が末期がんを宣告された。妻への後悔と自分の将来への不安に襲われた老夫は……。

祥伝社文庫の好評既刊

祥伝社文庫の好評既刊

松嶋智左
開署準備室 巡査長・野路明良《のじあきら》
姫野署開署まであと四日。新庁舎で不可解な出来事が次々と起こるなか、失踪した強盗犯が目撃されて……。

松嶋智左
黒バイ捜査隊 巡査部長・野路明良《のじあきら》
不審車両から極めて精巧な偽造免許証が見つかった。運転免許センターに左遷された野路明良が調べを始める！

矢月秀作
壊人《かいじん》 D1警視庁暗殺部
著名な教育評論家のバラバラ死体が発見された。臓器の欠落と謎の組織の暗躍が確認され、暗殺部に指令が下るのだが…。

矢月秀作
死桜《しざくら》 D1警視庁暗殺部
無数の銃弾が暗殺部員の身体を裂く。標的にされた仲間が迎えた非業の死。怒りのシリーズ第五弾！

渡辺裕之
邦人救出 傭兵代理店・改
米軍の完全撤退を受け、カブールが陥落。混乱に陥るアフガンで、精鋭の傭兵による邦人救出作戦が始動する！

渡辺裕之
凶撃の露軍 傭兵代理店・改
テロの真犯人を追って傭兵たちはウクライナへ。翌日、ロシアによる侵攻が。大統領の暗殺計画を阻止できるか？